中小学生阅读指导书系
ZHONG XIAO XUESHENG YUEDU ZHIDAO SHUXI

孙悟空在我们村里

郭　风/著

人民教育出版社
·北京·

图书在版编目（CIP）数据

孙悟空在我们村里 / 郭风著 . — 北京：人民教育出版社，2020.9（2025.5 重印）
（中小学生阅读指导书系）
ISBN 978-7-107-34285-1

Ⅰ . ①孙… 　Ⅱ . ①郭… 　Ⅲ . ①散文集－中国－当代　Ⅳ . ① I267

中国版本图书馆 CIP 数据核字（2020）第 166512 号

中小学生阅读指导书系　孙悟空在我们村里

出版发行　人民教育出版社
　　　　　（北京市海淀区中关村南大街 17 号院 1 号楼　邮编：100081）
网　　址　http://www.pep.com.cn
经　　销　全国新华书店
印　　刷　北京市鑫霸印务有限公司
版　　次　2020 年 9 月第 1 版
印　　次　2025 年 5 月第 20 次印刷
开　　本　710 毫米 ×1000 毫米　1/16
印　　张　9.5
字　　数　190 千字
定　　价　29.00 元

出版说明

"中小学生阅读指导书系"，是根据《教育部基础教育课程教材发展中心 中小学生阅读指导目录（2020 年版）》（以下简称《指导目录》）编辑出版的丛书。

近年来，国务院《政府工作报告》多次提出倡导和推动全民阅读，全民阅读已经不仅关乎个人修养与素质，而且关乎国家文化软实力与核心竞争力。从近年来我国参加的国际学生学业能力测试来看，我国学生基础知识和基本能力测试成绩居于前列，但阅读数量相对不足，阅读能力有待提高，需要进一步培养学生的阅读兴趣和阅读习惯，促进学生在系统阅读、深层次阅读中发现问题、思考问题、增长见识、提升素养。但是，当前市场上的图书种类繁多、数量巨大，中小学校、家长、学生无所适从，需要专家依据中小学生身心发展特点和教育规律，从古今中外的作品中推荐少而精的优秀作品，让学生在有限的时间内提高阅读效率和阅读质量。

《指导目录》由来自国家教材委、有关高校、研究机构和中小学校的 110 多人组成的专家团队，经过基础研究、专业推荐、深入论证多个环节，根据儿童不同时期的心智发展水平、认知理解能力和阅读特点，从古今中外浩如烟海的图书中精心遴选出 300 种图书，分为小学、初中、高中三个学段进行推荐。

《指导目录》以习近平新时代中国特色社会主义思想为指导，体现马克思主义中国化最新成果，努力突出方向性、代表性、适宜性、基础性、全面性和开放性，力求兼顾多个学科、不同时代、多种文化和世界多个地区。

本书遵循教育部推荐的版本，并邀请全国名师撰写了"读前准备""阅读建议""读后闯关"等栏目，突出整本书阅读方法，引导学生阅读。

"读前准备"简介图书和作者，激发阅读的兴趣；"阅读建议"简要提示阅读方法，引导学生关注阅读的重点；"读后闯关"通过设计有趣的活动，锻炼学生的审辩思维和创造能力，让学生读有所获。

我们在设计这些内容时，杜绝死板枯燥，突出阅读趣味，鼓励学生沉浸在阅读中，享受阅读，爱上阅读！

编者

二〇二〇年七月

目录

读前准备

1 跟着有趣的题目，带着期待，出发——

"孙悟空在我们村里！"就像一声满溢欢乐和惊讶的呼喊在人群中扩散开来，惹得大家唰的一下扭头张望——好有趣、好令人期待的书啊！

孙悟空怎么来我们村里了？不会是"穿越剧"吧？或者是根据《西游记》重新创编童话了吧？

还有，这目录真是吸引人——《花的沐浴》《虹的滑梯》《我和祖母养的八哥》《鹰和外祖父》……

当我们拿起书的时候，书名、封面、目录等都已经向我们透露了很多秘密。"预测"这种阅读策略，在这个时候可以派上用场啦！你的脑海里跳出了哪些问题？你预测到了什么？

2 认识一下郭风爷爷和他纯净的文字世界吧

郭风，原名郭嘉桂，1918 年出生于福建莆田，现代著名的散文、散文诗、儿童文学作家。他出版过的散文集、散文诗集、儿童文学集有 50 多部。我们读过的课文《枫树上的喜鹊》《搭船的鸟》都是他的作品。他的童话集《红菇们的旅行》获第二次全国少年儿童文艺创作二等奖、《孙悟空在我们村里》获全国优秀儿童文学奖一等奖。

郭风爷爷的作品，不管写景绘物，还是讲述故事，都仿佛带着我们在大自然中遨游，一花一草，一虫一鸟，都与你心有灵犀。他的文字质朴清新，贮满诗情画意，写过《郭风评传》的王炳根说："再没有这么纯净天真透明的老人了，他的文是干净的，人也是干净的。他就是个小顽童，有一颗孩子的心……"

诗人圣野先生说："一旦沐浴在郭风的童话里，你就开始沐浴在春风里，沐浴在阳光里，沐浴在一股浓郁的扑面而来的花香里。"

拿起《孙悟空在我们村里》，你好像不由自主地走进了一个小村庄，那里靠山临水，有溪，有桥，茂林，修竹，鸟语，虫鸣……这个地方叫"松坊村"。

酷爱大自然的郭风爷爷沉醉在山村的月色、夜霜、冬雪中，流连在溪流、木桥、水车旁，连溪中的鹅卵石、花草在他心里都是有灵性的。松坊村的生活之美，在他的写作中升华为松坊村的文学之美，正如他自己所言，他的文字"具有浓重的乡土气息，具有民间的、乡亲的情绪"。

阅读建议

1 听见自己的读书声

拿起这本《孙悟空在我们村里》，任意选一篇小文，高声朗诵，或者低吟浅诵，啊，好像有一片诗情画意的大自然在眼前浮现，有一群鸥鹭燕雀在眼前悠然而过，还有溪中石水牛、石青蛙正上演的自然话剧……

随意翻开一篇，读给同学听，读给爸爸妈妈听，读给爷爷奶奶听，或许，他们会呵呵地笑着告诉你，书中写的就是他们的故乡，他们的童年……

2 看目录，想内容，做整理

读书前，可以先看看目录，对感兴趣的或者有疑惑的篇目，可以用三年级学过的"预测策略"进行读前预测，然后细细地读下来，跟自己的预测进行对比，读书就会有新的发现。

这本书的内容实在太丰富了，读完后，你会发现，按照目录，有的是写"童年生活"，有的是写"植物"，有的是写"动物"。在阅读中，你认识了哪些植物、动物，知道了哪些有趣的人与事。把目录和文章对照起来，或许，你还可以根据自己的方法，整理出一张属于你自己的独特的"思维导图"，这样，这本书的内容就了然于胸了。

③ 用批注的方法阅读，分享读书收获

　　一边阅读一边作批注，是很好的阅读方法。遇到写得好的地方、有疑问的地方、有启发的地方，随时都可以批注。我们可以画出相应的词句，也可以在旁边空白处简单写写自己的批语。

　　阅读前，给自己准备一些便利贴，边读边想，在便利贴上写上批注。读完后，再整理一下批注，你会发现收获满满的。

孙悟空在我们村里

我的爸爸有好多书籍。他就是爱书。那次，他带着妈妈、哥哥和我到松坊村居住，不知怎的，他带的书籍却不多，只带了《徐霞客游记》《西游记》《木偶奇遇记》和《安徒生童话全集》。带这些书是为了给哥哥看和讲故事给我听的。爸爸说，明代的旅行家徐霞客曾经经过我们的门前；爸爸到村里后，便考察到我们住的茅屋和邻居住的茅屋靠着屋后的山冈，盖在占代的驿（yì）路上的；爸爸说，徐霞客从浙江进入福建时，一定要经过这条驿路。爸爸还念了徐霞客当年经过我们这里时的日记给我们听。原来这位旅行家经过这里时，山上杜鹃开放着美丽的花朵，有黄鹂和其他鸟类正在唱歌，天气很好。不过他没有记下我们家门前有一条山溪。

爸爸每天都念一点儿《西游记》给我们听，我们从此认识了孙悟空。爸爸还时常带我们到树林里或溪边去玩耍，也讲《西游记》里的故事……

一天早上，爸爸告诉我，昨天晚上，孙悟空到我们屋前的山溪中玩耍。

爸爸笑着说：《西游记》上不是有孙悟空和他的师父、师弟们的肖像画吗？昨天晚上，月亮很亮，照得我们村里到处是树林的影子，溪水也在月光下哗哗地流响，发出闪光。这时，孙悟空从《西游记》的书本中醒过来了。他轻轻地唤醒唐僧、猪八戒与沙和尚，然后让师父骑上白马，便从我们家的窗口里一起往外走出去了。

只见孙悟空走在前头，师父唐僧骑着白马紧跟着他走，后面便是挑担的沙僧，还有猪八戒。他原来是最不喜欢待在《西游记》书本里，今晚能跟师父、师兄走出书本，到我们村里玩耍，感到很高兴。他一路摇摇摆摆地走，鼻孔里呼出大气。

孙悟空一行走过我们屋前的草径。那草径旁边不是有一棵老樟树吗？睡在树上鸟窝里的鹧（zhè）鸪（gū）妈妈和她的孩子们被马蹄声吵醒了。鹧鸪妹妹揉一下眼睛，往树下一看，叫道："妈妈，有人骑着白马走过来了。"

鹧鸪妈妈一看，告诉她的孩子们说："他们是《西游记》里的唐僧和孙悟空们啊。孙悟空很有本领……"

原来，自从爸爸带我们到松坊村来居住以后，爸爸不是时常带我们到溪边、桥上和山中的树林里去玩耍，并且讲《西游记》里的故事给我们听吗？这么一来，树上的鸟，山间的穿山甲、刺猬和溪里的鱼们都听到爸爸讲的故事，并且因此知道世界上还有孙悟空和他的师父、师弟们了。随后孙悟空一行便走过村里的那座木桥。爸爸告诉我，桥下溪水中的小鲫鱼们、小虾们，还有黄鳝们，听见马蹄声和孙悟空师兄弟们的脚步声，都醒过来了。他们在溪水中跳跃，向正在过桥的孙悟空一行打招呼。这时，唐僧骑在白马上，一边过桥一边合掌说："阿弥陀佛！"

他们过桥后，便走进我和爸爸常常去玩耍的一片大树林中。那树林里的居民很多，有在地上爬行的蜥（xī）蜴（yì），有从泥土里钻出来的蚯蚓；有在草丛间跳跃的蚱蜢和在林中飞来飞去的蜻蜓，还有山雀、山鸡、斑鸠（jiū）；当然，还有穿山甲、刺猬时常跑来，有时还有山麂（jǐ）从山顶跑来。爸爸说，当孙悟空他们走进这片大树林里时，平日我们这里看见的鸟啊，昆虫啊，野兽啊都围过来，让刺猬哥哥代表全树林里的居民，对走在前面的孙悟空说："孙悟空叔叔，人家说，你有七十二变，能变个魔术给大家看看吗？"

孙悟空二话没说，拔了一根毛，吹一下，树林里便

到处飞起彩色的气球，好像过节一样，使林中的居民感到多么欢乐。那天夜里，孙悟空一行只是路过这片大树林，所以，他变出满树林里全是飞舞的彩色气球以后，便领着唐僧和他骑的白马以及猪八戒、沙和尚，一起走出树林。林中的居民由刺猬带头，一直送他们到林边的小径上，大家不停地挥手——

唐僧骑在白马上，向送行的刺猬和穿山甲们合掌，喃（nán）喃念道："阿弥陀佛！"

沙和尚、猪八戒跟在后面，也合掌念道："阿弥陀佛！"

这时，孙悟空转了一下身，又在身上拔一根毛，吹一下，啊，空中忽然飞来了好多好多的饼干、梨子、巧克力和动物们喜欢的小玩具——并且，有的巧克力便飞进刺猬、穿山甲的嘴巴里……树林中的居民多么高兴。

随后，孙悟空一行便沿着我们村里最大的溪流——松坊溪岸上的一条小径前行。这条小径也是我和爸爸平日常走的路。这条溪中有好多好多的岩石，我的爸爸曾在几篇童话中说到这些岩石好像青蛙、小牛、鹅，等等。他们在童话中会讲故事，也会和真的青蛙一起到山上的森林中去旅行。现在他们遇见孙悟空和他的师父、师弟们以及白马了。他们一见孙悟空一行往前面森林里走去，都动起来，溪中的流水这时也发出音乐般的声音，好像比平日更好听。溪中那块好像水牛的岩石，看见骑马的唐僧和孙悟空、猪八戒、沙和尚走得越来越近了，便赶快从溪水中走到岸上，其他那些有如青蛙啊鹅啊的岩石，也一起登上溪岸，迎接孙悟空……

这时，猪八戒忽然有点儿害怕起来，赶忙抢前一步，对孙悟空悄悄地说："师兄，你带我们到哪里去？前面是不是牛魔王？……"

猪八戒就是爱猜疑。只见孙悟空马上说："师弟，我们不是过火焰山，是在松坊村玩耍、访问朋友。前面走过来的是童话世界中的石水牛、石青蛙和鹅们……"

猪八戒听了孙悟空这番话，没趣地走到后面去了。那天晚上，真是有趣。溪水中所有的岩石，还变成小鸡、小猪、小鸭、小狗和小猫，也一起登上溪岸迎接唐僧和孙悟空等一行人。他们由石青蛙当代表，向孙悟空说："孙悟空叔叔，你和你的师父、师弟一起来这里，我们都非常高兴。大家希望你变魔术给我们看……"

孙悟空听了，立刻向骑在白马上的唐僧说："我就给他们变魔术吧！"

唐僧合掌说："阿弥陀佛！"

沙和尚与猪八戒都说："赶快变吧！"

于是，孙悟空就在身上拔一根毛，吹了一下。多么好啊，这时，溪流的上空，树林的上空，我们村里所有山冈和村屋的上空，都降下数不清的彩色的、发亮的、会燃烧的花朵，好像天空中一时降下无数闪闪发亮的火焰般的菊花、蒲公英、牡丹、杜鹃花、玫瑰、桂花和金银花、百合花——到处飞舞……

爸爸说，这可以说是孙悟空给我们村里放焰火。那天晚上，还有附近别的村里山上的山鸡、山兔、猫头鹰们也都跑来看热闹，并且向唐僧、孙悟空及猪八戒、沙和尚问好，大家在一起玩，一直到天快亮的时候……

爸爸告诉我，自从孙悟空到村里后，村里山上、林里、溪中的飞禽走兽和花朵以及昆虫，都感到非常快乐。爸爸后来还告诉我，他说的这个童话故事，当然是《西游记》中所没有的。但是，爸爸说，我们可以给《西游记》不断地加上新的故事。

孙悟空和我的爷爷

我的爷爷到现在还爱读书。他自己的卧室里，我们家的客厅里，还有通道的壁前，都放着他的一些书橱，排列着许多他的书籍。他现在已经70多岁了，每天上午，他都站在自己卧室的书桌前写作。（你说奇怪不？我的爷爷是站在书桌前写文章的。）他写散文，也写童话。每天，他吃过午饭便躺在床上休息一会儿，随后，便躺在藤摇椅上读各种书报。最有趣的是，我这位爷爷还经常读安徒生的童话，更喜欢《西游记》呢。有一天（记得是星期六）下午，我走到爷爷的卧室里，看见他戴着眼镜在看安徒生的童话；他一边看，一边笑起来。我问爷爷："您怎么笑起来了？"

爷爷说："安徒生爷爷在童话里批评一位小学生了——这位小学生的数字老写得歪歪斜斜……"

我知道，爷爷说的是《梦神》里那位丹麦的梦神奥列·路却埃让一位名叫哈尔马的丹麦小孩子在梦中游玩的故事。当哈尔马睡觉时，路却埃将一把画上图画的雨伞在他身上撑开，这位丹麦小孩子便会做各种美丽的梦。有一次，哈尔马梦见他的数学练习簿上的数字都哭起来，因为哈尔马把数字写得又歪又斜，让这些数字都像拐腿的孩子，走起路来很疼……

我的爷爷经常读《安徒生童话》和《西游记》，也喜欢把书中的故事、童话讲给我听。不过，我发现爷爷所讲的《西游记》也好，《安徒生童话》也好，常常加上他自己编出的一点儿新的情节，所以每次听来都很有趣。更有趣的是，我的爷爷自己说，他和孙悟空、猪八戒，还有路却埃、哈尔马等都是好朋友，他们常常在晚上走到爷爷的卧室及客厅里，和爷爷一起玩耍。孙悟空他们怎么来的呢？他们都是在晚上，从《西游记》啊，《安徒生童话全集》啊等书籍的插图中走出来，然后又打开书橱的玻璃门，就这样来了……

你知道吗，听我的爷爷说，昨天晚上，孙悟空就从他的书橱中那本《西游记》肖像中走出来。爷爷说，孙悟空一下跳到他的床边，轻声地说："爷爷，你起来吧，我们到阳台上去玩耍好不好？"

爷爷告诉我，昨天白天，他赶写一篇散文，很累，想多睡一会儿，便故意装着睡得很深沉的样子：呼，呼，呼，装着正在打鼾（hān）。孙悟空又轻轻地推着爷爷的身子，可爷爷还是装着打鼾的样子。孙悟空没办法，便搔了搔自己的脖子，又给爷爷盖好被子，自己一人走到爷爷卧室前的阳台上去了。

昨天晚上，天气很好。站在阳台上可以看见天上的月亮、星星和轻轻移动的云朵。阳台上种着几盆兰花，一盆南天竹，一盆蜡梅，还有一个大瓷缸，里面养的几条金鱼，正在月光下的水中游来游去。孙悟空站在阳台上做了几下深呼吸，回头看到瓷缸中的金鱼们，便打招呼道："各位金鱼小朋友们，晚上好。今天晚上，让老孙和你们一起玩耍，好不好？……"

小金鱼们都从缸中的水草间游到水面上来，有点儿像小麻雀一般吱吱喳喳地答道："孙悟空，我们多么喜欢和你一起玩耍……"

你知道吗，小金鱼们话还未说完，孙悟空从身上拔下一根毛，在口中一吹，只见一大群小猴子从空中向孙悟空跳来，接着就在阳台上抢着和孙悟空握手，抢着说："大王，好久不见了，您好……"

你知道吗，这一群小猴子，有的一尺高，有的一尺半高；你知道吗，当孙悟空拔下身上的一根毛，在口中吹一下时，这一群小猴子都在水帘洞听到孙悟空的声音，这么一来，就像变戏法一般，统统被孙悟空召唤，从空中来到爷爷卧室前的阳台上，和孙悟空见面了。孙悟空当然也很高兴，便对这一群小猴子说："小猴子们，今晚，请你们来，是为了让你们和金鱼们玩耍……"

孙悟空说着，只见他口中一吹，阳台上那口瓷缸一下子变矮，却又变大变宽了，金鱼们也都变大了，缸中的水草也长得更多了。你知道吗，这样一来，小猴子便都抢着围在瓷缸边来，向金鱼们问好，那些金鱼都高兴得游到水面来，口中吐出泡泡，欢迎小猴子们。可真是有趣啊，只见有一只小猴子最先伸手到瓷缸里，向金鱼们泼水，接着有好几只小猴子也伸手到瓷缸里，有的向金鱼的头上泼水，有的往金鱼的大肚皮和尾巴泼水……乐得金鱼们在水中哈哈大笑。接着，有一只小猴子忽然动了脑筋，把两只手都伸到瓷缸中，舀了满满的两巴掌水，就洗起脸来，其他小猴子也跟着在瓷缸里用巴掌舀水洗脸，还擦起身来。这样一来，这些小猴子们也乐得哈哈大笑，可是泼得满阳台上都是水……

孙悟空说："小猴子们，现在不准你们玩水了！现在，我请你们在这里跳舞……"

孙悟空的话音未落，只见那些小猴子们真听话啊，统统停止玩水了，并且马上列起队来，就在阳台上跳起闽南泉州的拍胸舞来。只见他们把胸脯挺得高高的，一边跳啊，一边用巴掌和胳膊在胸脯上打得啪啪响，口中还唱着闽南民歌；只见他们越跳越来劲，胸脯越拍越响；只见瓷缸中的金鱼们看得都高兴得不得了，有的不断地吐着水泡，有的不断地跳出水面来；只见阳台上那几盆爷爷最喜爱的花卉——兰花、南天竹和蜡梅们，都按着小猴子们跳的拍胸舞，用双手打起节奏来；只见孙悟空站在一边看着，不停地搔着脖子，眼睛骨碌碌地转着，终于，他耐不住也跳进小猴子们的队列中去，也跳起拍胸舞来了……

只见阳台上那些小猴子们都欢呼起来，蜡梅和南天竹、兰花和金鱼们也都欢呼起来，最有趣的是，我的爷爷这时也在床上鼓起掌来，大声称赞说："好！好！加油！……"

你知道吗，原来我的爷爷并没有睡着。他知道一大群小猴子得到孙悟空的召唤，从水帘洞来阳台上玩耍，便披着毯子坐在床上，悄悄地从窗口观看孙悟空和小猴子们玩的把戏；爷爷看得真高兴，不觉喊出声来……

你知道吗，这下子可被孙悟空听见了，他对小猴子们说："你们好好跳舞，我去请老爷爷到阳台上观看……"

只见孙悟空说着，便一跳，就从阳台的门口跳到爷爷床前。这下子，我的爷爷也不再装着打鼾、睡觉的样子。对了，孙悟空可真好啊，他扶着我的爷爷下床，又把爷爷书桌前的藤椅抬到阳台上，请他坐在那里观看表演。只见孙悟空向小猴子们喊道："小猴子们，现在，我请你们在这里表演团体舞……"

　　只见孙悟空口中一吹，那些小猴子统统穿上各种颜色的彩衣，接着在阳台上绕场一周，就排起队列来。这时，只见孙悟空口中又一吹，那小猴子的队列中出现了四个大字：健康长寿。

　　我的爷爷看了，高兴得不得了，不断地称赞："好！好！太好了！"

　　你知道吗，小猴子们听见我的爷爷称赞他们，便都从队列中跳出来，站在爷爷面前，抢着和爷爷握手。接着，只见孙悟空口中一吹，那些小猴子们忽然都坐到阳台的边上去；孙悟空口中又一吹，瓷缸中的金鱼们都变成一个个穿着彩衣的小姑娘，她们手中提着点上红烛的金鱼灯，列队从我的爷爷前面走过，个个都向爷爷鞠（jū）躬，说："老爷爷好！老爷爷健康长寿！……"

　　我的爷爷高兴得不得了。昨天晚上，爷爷在阳台上还看了孙悟空安排的其他节目。其中最有趣的是表现民间故事的节目《老鼠娶亲》。只见孙悟空口中一吹，有的小猴子变成轿夫，抬着红轿，中间坐着一只小猴子变成的老鼠新娘，有几只小猴子变成老鼠的音乐队，吹着唢呐，拉着胡琴，还敲锣打鼓，放鞭炮，热热闹闹送着老鼠新娘从阳台上走过……我的爷爷看了，乐得不得了，还有阳台上的南天竹、兰花和蜡梅们也都鼓起掌来！

孙悟空可真好啊。他怕我的爷爷太累，看了好多节目以后，便扶他回到卧室，让他躺在床上。接着，孙悟空又走到书橱前，向《安徒生童话全集》叩了两下，只见丹麦梦神奥列·路却埃便从书的插画走出来，胳膊下夹着雨伞。孙悟空便在路却埃耳边悄悄说了两句话，只见路却埃马上把雨伞撑开，在我的爷爷身上摇了一下，爷爷便甜甜地入睡了。

这个童话是我的爷爷说给我听的。爷爷把这个童话说了以后，补充说：当他睡觉后，他相信孙悟空又回到阳台上，口中一吹，让那些猴子乘着空中的云朵统统飞回水帘洞，一路上，月光照耀着这一群乘着云朵的小猴子。最后，孙悟空和路却埃都走到书橱中去，各自回到书本的插图中，睡觉去了。

溪边的草丛

走过我们村庄的石桥，你能够看到，在石桥和那用鹅卵石垒筑的溪岸相连的地方，有一大片草丛。

不知怎的，我有时会在心中想着，那一大片草丛是一个小小的、快乐的村庄。

不知怎的，我有时会想着，那快乐的小村庄里，有许多用草茎和草叶编成的小屋。

那小屋有门，有许多窗；那许多窗，每天都打开着。早上，让阳光照进来；晚间住在那里的人，从窗口看天上的星星和月亮。

不知怎的，有时我还会想到，这个草丛的村庄，每家的门前有一个花园，种着很多花。

啊，可真的还有一个草丛的村庄，不就建筑在我们村庄的石桥和溪边相连的地方吗？

我听见纺车的声音

今天晚上，月亮已经升得很高很高了。我看见今晚的月亮，是扁圆的，是黄色的。

我看见今晚的月亮，从溪边的乌桕（jiù）树的树枝间，向那个草丛的村庄照耀着一大片清光了。

这时，我心中忽地想起来了，那个草丛的村庄里，不也住着好多好多的小孩子吗？

我一边想着，一边听着。

啊，可真是的，慢慢地，慢慢地，我听见有一阵一阵纺纱的声音传来了；听见有一阵一阵摇着纺车的声音，正从那个照耀着月光的草丛的村庄里传来了。

我一边听着，一边向那个草丛的村庄里眺望着。

啊，我看见那个草丛的村庄里，有一家用草叶编成的窗正开着。

我眺望着那窗口。我看见那窗后面的屋里，坐着一位小姑娘，她的面前坐着她的老祖母。

我看见那个小姑娘和她的老祖母，身上都穿着轻纱般的、淡绿的衣裳，她们把这轻纱般的衣裳张开来，便是能够飞翔的轻翅。

我听见那老祖母给那个小姑娘说一个故事，一个能够织布又会打仗的古代女子的故事，又教着那个小姑娘读着诗："唧唧复唧唧，木兰当户织……"

我看见那小姑娘，轻轻地扇开她那轻纱般的衣裳，听着老祖母讲故事，又跟着老祖母朗诵着："唧唧复唧唧，木兰当户织……"

　　于是，听啊，整个草丛的村庄里，都传来了纺车的声音，这真是多么好听的劳动的声音啊。看啊，天上一个扁圆的、黄色的月亮，也悄声地听着，把一大片清光洒到那个草丛的村庄里了。

月亮躲到云里去了

夜云从山冈和林梢后面涌上来了。

月亮向云中游进去了，躲到云里去了。

夜把轻纱的幕垂下来了，垂到那个草丛的村庄里了。

这时，我看见草丛的村庄里，那些用草叶和草茎编成的小屋，有的把窗关上了，有的把电灯扭暗了。

这时，我听见纺纱的小姑娘和她的老祖母上床休息去了。

这时，我看到草丛的村庄里，月光音乐会散场了。很多很多的小孩子，都离开那座露天音乐厅了……

那么，我这个童话，现在也暂时不讲了，我也要休息去了。晚安！

松坊溪的冬天

松坊溪

我曾经在松坊村住过好些日子。这是南方的高山地带的一个小小山村。

四面是山，是树林，是岩石。有两条山涧从东、西两面的山垄（lǒng）里流出来，在村前汇合起来，又向南流。这便是松坊溪。

这是一条多么好的溪涧。溪上有一条石桥。溪中有好多大溪石。那溪石多么好看，有的像一群小牛在饮水，有的像两只狮子睡在岸边，有的像两只熊正准备走上岸来。

溪底有好多鹅卵石。那鹅卵石多么好看，有玛瑙红的，有松青的，有带着白色条纹、彩色斑点的，还有蓝宝石般发亮的鹅卵石。

溪水多么清。溪中照着蓝天的影子，又照着桥的影子；照着蓝天上浮游的云絮（xù）的影子，又照着山上松树林的影子，照着翠鸟的影子；秋天里，开放在岸边的蓝色的雏菊，向溪中的流水照亮她们的影子；溪中照着丛生在岸边的蒲公英的影子。

要是四月来了，那多么好。山上全是火红的杜鹃花。那时，溪中映照着杜鹃花的燃烧的彩霞般的影子。

我每天都要经过溪上的石桥，到松坊大队的队部去。我听见桥下的溪水声，唱得真快乐。日光照在溪中。我常常觉得这是一条发亮的、彩色的溪。

松坊溪的冬天（之一）

冬天一天比一天走近来了。山上的松树林还是青翠的。山上的竹林子还是碧绿的。天是蓝的。立冬节以来，一直出好太阳。日光是金色的。

松坊溪岸边一丛一丛的蒲公英，他们带着白绒毛的种子，在风中飘，在风中飞扬。蒲公英在向秋天告别吗？

冬天一天比一天走近来了。松坊溪岸边一丛一丛的雏菊，她们还在开放蓝色的花。

而山上的枫树，在前些日子里，满树全是花般的红叶，全是火焰般在燃烧的红叶，忽地全都飘落了。

看啊，看啊，在高大的枫树上，在枫树的赤裸的高枝间，挂着好多带刺的褐色果实，在枫树和枫树的中间，看啊，看啊，还有几棵高大的树，在赤裸的高枝间，挂着那么多的橙色果实，那么多小红灯般的果实，这是山上的野柿成熟了。

我忽地想到，这是枫树、野柿树携带满枝的果实，在迎接冬的到来。

松坊溪的冬天（之二）

下雪了。

雪降落在松坊村了。

雪降落在松坊溪上了。

雪降落下来了，像柳絮一般的雪，像芦花一般的雪，像蒲公英的带绒毛的种子在风中飞，雪降落下来了。

雪降落在松坊溪上了。像芦花一般的雪，降落在溪中的大溪石上和小溪石上。那溪石上都覆盖着白雪了：好像有一群白色的小牛，在溪中饮水了；好像有几只白色的熊，正准备从溪中冒雪走到覆雪的溪岸上了；好像溪中生出好多白色的大蘑菇了。

雪降落在松坊溪的石桥上了。像柳絮一般的雪，像蒲公英的飞起来的种子般的雪，纷纷落在石桥上。桥上都覆盖着白雪了：好像松坊村有一座白玉雕出来的桥，搭在松坊溪上了。

松坊溪的冬天（之三）

又下了一场冬雪，早晨，雪止了。村子的屋顶上，稻草垛和篱笆上，拖拉机站的木棚上，都披着白雪。

山上的松树林和竹林子，都披着白雪。那高高的枫树和野柿树，它们的树干、树枝上都披着白雪。

远山披着白雪。石桥披着白雪。溪石披着白雪。从石桥上走过时，我停住了。我听见桥下的溪水正在淙（cóng）淙地流着。我看见溪中照耀着远山的雪影，照耀着石桥和溪石的雪影，我看见溪中有一个发亮的白雪世界。

当我要从桥上走开时，我看见桥下溪中的白雪世界间有一群彩色的溪鱼[1]，接着又有一群彩色的溪鱼穿过桥洞，正在游来游去。

忽地，我看见那成群游行的彩色溪鱼一下子都散开了，向溪石的洞隙间游去，都看不见了。忽地，彩色的溪鱼又都游出来了，又集合起来，我又看见一群又一群彩色的溪鱼穿过一个照耀在溪水中间的、明亮的白雪世界，向前游过去了。

---

①此类彩色的溪鱼，体小，俗称桃花鱼，学名鱲（liè）鱼。

桥和桂树的历史传说

我到松坊村时，便听到松坊村有一片桂树古林，还听说这里有一个历史传说：黄巢曾经带领他的起义军，路过村前的石桥和村里的桂树林。

我多么想去看看这一片桂树林子。

我到松坊村时，正当秋天和冬天交替的季节。天气一天冷似一天。这一天，天好像快要下雪的样子。我走过村前的石桥，沿着松坊冈崖边的石路向前走。

这是一条古老的石路。村里人说，早先这是一条驿路。只见石路两边全是竹林子。

我穿过竹林子向前走。走了大约三华里路，开始登着石级，上一座小冈。这时，便感到有一阵一阵的风吹来一阵一阵的清香。我想，前方应该快到桂树林了。

我翻过小冈，果然看到前面是一片青苍的、郁绿的树林，我感到风中洋溢芬芳。我向前走，只见一棵又一棵的桂树，沿着石路两边，向前排列。我感到每棵树都很高，很强壮。我看到有的树上开着米黄色的桂花，有的树上开着橘红色的花。

村里人说，开着米黄色的花的桂树，几乎一年当中都在开花。开着橘红色的花的桂树，只在秋天里开花。

村里人说，到村里下第一场雪时，橘红色的桂花便都洒在雪地上……

我穿过桂树林向前走，走了大约一里路，我停住了。我看到这桂树林中间有一棵老桂树：它很高，大约有十米高，它的高枝间，开着橘红色的桂花；它的树干上，有青苔，有青藤垂挂下来；它是这片桂树古林中最老的桂树吗？

村里有人说，黄巢当年曾把他的马系在这棵桂树上；

村里有人说，黄巢当年曾在这棵桂树上试剑……

我看到这一片桂树林，我看到这一片桂树林中一棵最老的桂树了。

这是一片多么美丽的桂树林！这里有一棵多么美丽的老桂树！

我感到这美丽的树林中间，空气和风里全是芬芳……

当我从这一片桂树林回到村里时，空中稀稀疏疏地飞下一些小雪花。这是村里这一年最初的一场小雪。

我望着空中的小雪花轻轻地降在村前的石桥上。我感到这座石桥也是那么美丽。

柏树和松鼠

那个时候，我们住在松坊村。

那个时候，我喜欢站立在门前的石阶上，观看站立在小溪对岸一座丘冈上的一棵柏树。

观看它在风中摇动。

我的爸爸告诉我，那棵柏树有一双手套。当我去午睡的时候，它便把手套套在双手上，去捕捉树上太阳的影子，去捕捉鸟和拉住吹过的风。

我的爸爸还告诉我，那棵柏树有一个口袋，里面装着好多它结出的果实——柏枳（zhǐ）。当我去午睡的时候，便有松鼠跳进它的口袋里，那松鼠在柏树的口袋里，一只一只地剥吃柏枳，高兴得不停地叫："吱！吱吱！"

石蒜的灯

在我家屋前的溪边，那一片散落着沙砾和大小不一的鹅卵石的溪滩上，这一天早晨，忽然开放一大片的石蒜花。

那里，好像出现一片彩色的明亮；那里，好像点起一盏又一盏淡黄色的灯，一盏又一盏淡红色的灯。

那么，这些灯是怎么点起来的呢？

爸爸说：昨晚，月亮很好，照得溪滩上一片银光。森林里的刺猬叔叔、穿山甲和鼬鼠妈妈们远远望见溪滩上一片银光，便都带着他们的孩子们到溪滩上来了。

爸爸说：你知道吗？溪中的石水牛、石鹅和石青蛙们看到森林里的刺猬们来了，也跟着从溪水中走到溪滩上来，于是，他们在溪滩上举办月光会和露营，还有唱歌和跳舞，讲故事和猜谜。最后由刺猬叔叔变魔术，他抓一把月光用嘴巴一吹，又抓一把月光用嘴巴又一吹，溪滩上便点起许许多多石蒜的灯，有淡黄的，又有淡红的……

"是这么回事啊！"我听爸爸讲完了童话，高兴地叫道。

竹鸡们

那个时候，我和爸爸、妈妈，还有哥哥，一起住在松坊村。这里只有三户人家，我们住的屋子，屋顶盖着茅草，屋后有大丛大丛的竹林。

爸爸告诉我，那山冈上的竹林里，住着竹鸡妈妈和她的一群孩子们。

真的？

爸爸告诉我，这一天早上，竹鸡妈妈带着她的孩子们从竹林里走出来。一路上，遇见穿山甲、鹧鸪，都向他们招手；他们走过竹林里的一条草径时，那些蚱蜢、瓢虫们都飞起来，向他们打招呼。

竹鸡妈妈和她的小竹鸡们随后走到丘冈上的一口小山塘①边来。这里的青草开着鲜花，那黄色的、红色的小花朵都向他们招手。他们也向花朵们点头。这时，竹鸡妈妈说："现在，你们喝水吧！"

---

①山塘是指山中积水的池塘。

咕！咕咕！小竹鸡们都站在小山塘边，一口一口地喝起水来。山塘中有红色的小鲫鱼，看见小竹鸡们和他们的妈妈一起喝水，都游过来，噼里啪啦地在水中跳跃，向他们打招呼；不一会儿，塘边草丛中间跳出一只青蛙，他向竹鸡妈妈和小竹鸡们叫："呱！呱呱！"

意思是说，我和你们一起玩，好不好？

门前放船

那时，我们一家人住在闽北的一座小山村里。我们在村里住了将近两年，等爸爸调回福州后，我和妈妈以及哥哥才离开这座小山村。

我们的住屋是向一位农民租来的。这个叫作松坊村的村庄，四面皆山，我们住宅门前是两条小溪合流之处，上面有一座木板桥。那时，我和哥哥常常跑到桥上，站在那里观看溪水从溪底的岩石间流过去；我们还折了纸船丢在溪中，让纸船在水流中航行。最好看的是两条溪水合流处，有很多漩涡，我们的纸船放下去时，便会在那里打转，然后又向前航行；更有趣的是，溪中的许多小鱼看着纸船向前航行，就跟在船后游泳，好像是给纸船送行……

记得那一天是清明节，松坊村四面山上和溪边都开放了杜鹃花。我和村里的小姑娘们一起采了许多红色的杜鹃花，把花放在纸船里面，轻轻地放到溪水中去，让载花的纸船向前航行。这时，我的哥哥来了，问道：

"这些船要开到哪里去？"我们都答不出来。

哥哥说："就让这些船开到福州去。"

我听了很高兴，接上说："开到福州大桥边去，以后又开到马尾去，在那里看罗星塔！"

村里的小姑娘们都说："我们也一起搭船到福州去！"

这是我小时候在松坊村所做的事，现在有时还会想起来。

雪天

记得我一家人到松坊村，是那年的11月中旬的一天。次日，松坊村的远山上便看到积雪，那就是说，我们到村里那天，山巅（diān）上已经落雪了。我听爸爸说过，松坊村所在处为海拔820米左右，四面的山峦海拔更高，那在11月便见到雪的远山，当在900米左右。到了12月底，松坊村村里也落雪了，但这是一场初雪，很小，只见夹着小雨，从空中飘下一些稀疏的雪花，落在地上便融化了。我记得那时村里附近梯田里的荞麦还在开花，而紫云英正发着苍郁的绿叶。

我们在松坊村过了第一个春节。第二天，村里下了大雪。我记得那是在夜里下的雪。当时我年纪小，天冷好睡。一早醒来时，便听见门外有村里的孩子们的喊叫声："雪下得很大！""我们来堆雪人！"

我赶快起床，把从福州带来的新棉衣穿上，就跑出我家的门。这时，只见村里的山坡上，溪中的岩石上，桥上和屋前的小径上，菜地的篱笆上，都铺了雪。村里几位邻居的孩子们，有的从雪地抓起雪，捏成团，互相掷来掷去；还有几位小孩子，已经在溪边堆起雪人来。那雪人很胖，有点儿像一尊弥勒佛。不知道什么时候，我的爸爸也跑来看孩子们堆雪人，并且是不声不响地站在我背后，笑眯眯地看着……

"可是，这雪人没有眼睛啊？"

我掉头一看，这时才知道是爸爸向堆雪人的孩子说话。爸爸说完了，便转身回到我们的住屋，取来十几颗从福州带来的龙眼（桂圆）干，分给孩子们吃，然后用龙眼核做雪人的眼睛……

这是我小时候在松坊村见到的雪天，到了现在，有时还会想起来。

杜鹃花的火炬

我们村里山冈上开放着杜鹃花。四月来了。山冈上的岩石边，松树下，杂木林的树荫间，到处开放火红的杜鹃花。当然，不只山冈上，村里小山溪的土阜（fù）上也开放火红的杜鹃花。

我放学回家时，有时帮助家里大人放牛，有时帮助家里大人打柴。这样，当我上山时，特别是打柴时，常要沿着山径走进很深的山间去。我们村里的深山间，杜鹃花才更多呢。我发现这深山中，除红杜鹃花外，还开着白色花朵、黄色花朵和粉红色花朵的杜鹃花。我发现有的杜鹃花长得很小，但它的根会伸入岩石隙中去，在没有泥土的石缝间开红花。

就在这开放着各色杜鹃花的深山中，在一个小岩洞前，有土地革命时期红军叔叔留下的烧炭窑的遗址。在那些火红而艰苦的日子里，红军叔叔在我们村里一边坚持与白军的战斗，一边在山中坚持烧炭和其他生产，来维持生活。这红军烧炭窑的遗址附近，山间的杜鹃花好像开放得更加火热。我们学校里的老师，每到清明节，都组织同学到这里拜谒（yè）这个遗址。我是常常来的。有时，我站在遗址前面，看着，看着，不知怎的，这遗址四处的杜鹃花都变成燃烧起来的红色火焰、白色火焰、黄色火焰的火炬，照耀着这个遗址，使它显得格外明亮！看着，看着，我又好像觉得山冈上所有的杜鹃花，溪边土阜上所有的杜鹃花，都举着火炬来了。

写生

　　我是一个小小的画家。我在花的学校里读书，学习绘画。我的名字吗？就请你们叫我蒲公英弟弟。

　　今天是星期天。我带了写生速写簿，走到野外来了。真是好极了。我觉得有好多好多美丽的风景应该画下来。我们最近学的是风景写生、速写。

　　我看见一头水牛走过小溪了，它从容不迫地踏着水过溪……

　　我赶快把这情景速写下来。

　　我看见一行白鹭飞进田野的水田里了。它们从空中飞下来，又立在水田中，一只脚缩起来……

　　怎么样，我应该把这情景速写下来……

　　我在野外的草径、村路上到处走，随意走，我还看到一座水磨坊建筑在山坡下的溪流旁边；我还看见四只蝴蝶一起飞，一起在路旁的野菊丛前面飞舞；我还看见两只斑鸠从枫树的树梢飞进它们的鸟窝……

　　我忙极了，简直画不尽，但心中也愉快极了。啊，今天是星期天。我到野外画美丽的风景速写画，画得很多。明天，这些画要给同学看，要交给老师……

月亮

今晚，轮到我到村夜校里读报。回来的时候，我沿着溪边的小路走。我一边走，一边从树丫间仰望夜间的天空，觉得很好看。啊，一个秋天的月亮已经升到中天了。我从乌桕树已经落叶的枝丫间看这个月亮，感到今夜它的形状是扁圆的，感到今夜它用全部力量在发光，因此非常明亮……

我一边走，一边从一棵又一棵的乌桕树枝间看天空，感到今夜的天空好像一座发蓝的海、一座发亮的海，有许多白色的云从四面幽暗的山峦后面涌上来了……

我走到村前的石桥时，站住了。我看见天上的白云有的给月光照得好像积雪的山峰，有的像白色的海岛，有的像发亮的、正在移动的绵羊群；我看见羊群的四周有许多星星，也给月光照得好像发亮的百合花，有的好像发亮的油菜花，非常好看。

这时，我在心中想道：这月亮好极了，由于有了它，夜里空中的一切才都发亮了。

榕树

村里河滨的榕树，你是我们村里最高大的树。

我们从夏令营回来的时候，我们从城里参观动物园回来的时候，我们和邻村少年篮球队赛球回来的时候，我们老远老远便看到你，看到墨绿的弧形的树顶，后面衬托着湖水一般的蓝天。

榕树，高高的榕树，从你的林梢能够望见很远的地方吗？

可以望见城里"少年宫"屋顶上的国旗吗？

可以望见三十里外的名胜——凤山寺的木塔吗？

可以望见五十里外的海湾吗？望见停泊在海湾石崖下的渔船，望见站在军舰上打旗语的水兵吗？

你是我们村里高大的树，我们村里河滨的榕树。

梦见我种的树

我梦见我种的树，长大了。

我梦见它们已经长高了，高过了我们学校的三层的教学楼。上面张开的枝杈和绿叶，交织在一起，好像一团团绿色的云朵。

白云从蓝天中飞过。风吹着，从高高的林梢，从那交织在一起的绿色的林梢吹过，好像有什么人在绿叶间捉迷藏，好像有什么人在树枝间吹着笛子……

我梦见我种的树，长大了。

我梦见他们排成长长的队伍，从我们学校门口，一棵一棵的，沿着村庄的河流，又沿着铁路线的两旁，和立着的电杆并排着，一直向前排列，到很远的地方……

从远远的山冈后面，听得见铁轨的震动声越来越近，原来是火车开来了，火车从交织着树荫的轨道上开来了。

我梦见我种的树，长大了。

白云

云啊，云啊。

我看见你变成一队白雪似的羊群。天晚了，天晚了。谁割下青草给它们吃呢？

天晚了，天晚了。它们的羊栏在哪里呢？它们将到哪里去休息呢？

我们村的羊栏打扫得多么干净，地上铺着暖和的稻草。我们的母羊，不久前刚生下小羊，也是雪白的……

云啊，云啊。

把你的羊群赶到我们的羊栏里来过夜，沿着山上那条小路赶下来，我们来迎接，来迎接……

银河

明亮的河流啊，在你的水里，有很多的鱼和水草吗？有小孩子跳下去游泳吗？

有汽船在那里来往吗？有结着长长的队伍的木筏，从上游驶来吗？

明亮的河流啊，在你的河滨，有沙滩和很多的贝壳吗？能不能在沙滩上打滚儿，有小孩子在那里拾贝壳回去做标本吗？

河岸上种树吗？那里有高大的榕树，树上有很多喜鹊的窝吗？

明亮的河流啊，你的河滨有码头吗？码头上停着像三层楼那样高大的起重机吗？那里堆积着很多很多的货物吗？

有指挥交通的警察吗？他们也吹笛子吗？

雷击的松树

夏天，常常下雷雨。有一天傍晚，天空的西北角涌起了浓密的乌云，接着刮起一阵大风，山上的树林呼啸着。

不久，黑云中间像开了一道水闸，大雨便倾泻似的降落下来。随后，一道闪光照亮了整个山谷，雷声在山顶近处的树木中间轰鸣。

大雨从傍晚一直落到深夜。第二天，天空像湖水一般发蓝，阳光又洒满了整座树林。山间充满着哗哗的响声，许多水流沿着壑（hè）沟，灌注到山溪里去，溪流涨满了。我穿过丛林向低洼处走着，忽然发现一件新奇的事情：在山溪旁边的一排杂木林中间，有一棵高大的松树，昨晚受到雷击。

这棵松树没有倒下来，也没有被烧焦，它的枝叶还是那么苍翠。雷火从树根沿着树干一直烧过去，把树干的表皮烧成一道黑炭似的伤痕。远远看去，好像一条粗粗的黑绳索，从青枝间垂挂下来。在伤痕的旁边，松树流出了香喷喷的树脂。

　　我们常常到树林间来采野菌和采树脂。但是，这回我舍不得把那许多树脂刮下来。因为这些树脂，能够很快把松树的伤口缝合起来。

睡莲

有一次，我在深林里走了整整一个下午。我第一次走进这一脉树林，没有领路的人，一人独自试着到处走。

差不多走了三里路，林子便显得格外浓密。山上长着这么多的树木，松树、枫树、楠树、杉树、枞树，还有野生的杨梅树和山楂树。我把自己知道的树名，都记在本子上。还有一些不知名的树木，我把它的树叶采下来，夹在笔记本里，小心地保存着，准备请教当地的老百姓，也带回学校里去问问教自然的老师。

山势慢慢地陡峭。翻过一道山冈，在前面的峭壁下面，忽然出现一个水潭。我赶快跑过去，想不到这个水潭里，开放着那么多的睡莲花。那小小的碧绿色圆叶，铺满了水面，那些洁白的花朵便开放在绿叶中间，是那么的美丽。

我把睡莲的名字，也记在我的笔记本上了。真没想到，这丛林里也有睡莲花。我想，回到学校时，一定要把这件事好好地告诉老师和同学。

我继续向前走，树林显得更加浓密了。许多野藤盘绕着高大的树干，地上密密地长满了孔雀尾一般的羊齿植物，树根上长出各种各样的野菌，好像童话中的小仙人的雨伞。还有很多的木耳，长在树干上。天气晴朗，但是树林里却是那么阴凉，只能透射进一些细碎的阳光。树叶上，不时落下一些水滴，掉在我的头上。

这一次到树林里来，我记下很多树木和其他植物的名字。奇怪的是，我除了看见几只松鼠在树上追逐外，没有碰到一头野兽。

回来的时候，经过那个水潭，我没有忘记去看看那些洁白、美丽的睡莲花。天快暗了，睡莲花的花瓣都合起来，它们很早便要睡觉了。

牵牛花

在草地前面的泥冈上，住着一群牵牛花的小孩子。

他们，每人都有一个浅蓝色的喇叭。

他们，每人都穿着浅绿色的鲜叶做成的衣服。

他们，排列成一队，站在草地前面的泥冈上。

他们，迎着早晨的第一道阳光，吹起喇叭。多么好听，那声音又和谐又悠扬！全世界的花和草，听见牵牛花吹出的喇叭声，都赶快起床了。

看啊，田野里的麦穗，把雾的白色细纱轻轻地拨开；小涧边的红蓼（liǎo）花，对着明亮的水面在那里梳发辫；林中的野菇，打开了小红伞；河岸边的蔷薇，张开了花瓣；竹篱上的豌豆花，在自己的发辫上打了蝴蝶结；过了不久，池塘里的睡莲，也张开了雪白的花冠……

于是世界变得这样繁华，这样芬芳……

花的沐浴

草地上有百里香、铺地锦、野菊和蒲公英。

有一次，天下雨了。小雨点敲打着野外的树木，在繁密的树叶上敲出声音来了，好像我们学校里摇铃一样，叮当！叮当！

于是，一群小野花走出来了，百里香、野菊、铺地锦和蒲公英们一听见这雨声，都走出来了。她们好像在幼儿园里做唱游一样，排成小队，走出树林，到这草地上，站在雨中……

她们要在那里沐浴——

小雨点为她们从头淋下，她们口里轻声地唱着歌，有时抖抖身子，让水点落下去；

小雨点为她们从头淋下，她们口里轻声地唱着歌。她们摇摆着身子，用绿色的浴巾洗擦自己的头发和身体。

接着雨停止了。她们的沐浴也停止了。这时，阳光照在草地上，草地上一片光明，那些小野花们显得多么美丽，她们沐浴过了，全身发出香味。

风中松树

沿着海岸，在那尖峭的、堆叠着众多岩石的山顶，长着一棵一棵的松树。

从海面吹来的风，多么强烈！

你看，那浪被抛得高高的，冲击在海滩和礁石上，雷似的轰鸣。

那山岭的松树啊，他们的树干显得消瘦而硬直，他们的树皮像鱼鳞一般，他们说："我们在猛烈的风中生长，我们的根深深地伸入山顶岩石下的泥土中，因此，我们像海岸那样坚强，像冲击在礁石上的浪那样地高声大笑。"

雏菊和蒲公英

我看见雏菊挥着淡蓝色的手帕，她说：

你现在就动身吗？

你要飞行到很远的地方去吗？

飞行到林间？

飞行到崖边？

飞行到有一座古老的水磨坊的山涧边，那里，正在建筑一座水电站了？

飞行到一座山塘边？一座陌生的池沼边？

飞行到一座石桥边？

飞行到长着乌桕树的山坡上？

那里有白色的雏菊，请代我向姐妹问好。

飞行到一片空旷的草地上？

愿你和三色堇（jǐn），和白花苜（mù）蓿（xu），和红色的酢（cù）浆草、白色的酢浆草以及紫罗兰，和草莓以及野生的山楂树，和铺地锦以及从松树上垂下的青藤，一起开花，一起装饰我们的土地，使我们的土地上，到处五色缤纷，到处有丰富的色彩；到处能够看到董紫、海绿、海蓝、雪白、天青；到处能够看到胭脂红、麦黄；使我们的土地，使我们的溪岸，使所有的水边和草径，村庄的篱笆周围，水电站的高墙四处，散发香味……

我看见雏菊站在溪边的草丛间，目送飞行的蒲公英，挥着淡蓝的手帕。

这时，蒲公英带着雪白的绒毛的种子，好像雪花，在风中飞。

松树上的牵牛花

在临着蓝色海湾的悬崖上，有一大片松林。松林前的草地上，生长着很多的牵牛花。有一棵牵牛花的蔓条往松树的枝丫间爬上去，在林梢开放蓝色的喇叭花，这牵牛花原来是一位花朵的小孩，她有如童话中的花孩子一样，是会讲话的。

松树下有一丛野菊，开放黄色的花朵。牵牛花和野菊是很要好的朋友。

早晨，满天彩霞，一轮红日往东方的海平线间升上来，射出万道金光。牵牛花赶快对野菊说："野菊妹妹，太阳升上来了；它，现在好像一盏红色的灯，圆圆的，亮亮的，刚好挂在海边；不，这盏红灯慢慢地升上来，你要仔细看！"

野菊妹妹踮起双足，站在绿叶上。她认真地看，果然看见太阳好像一盏红灯往海面升上来了。

晚上，牵牛花便睡在这棵松树的林梢。她在梦中突然醒过来。她揉揉两眼，向天上一看，她看到那暗蓝的海边的天空中，有几颗闪闪发亮的星星，有一弯好像银铸的发亮的下弦月。她觉得这景致好看极了。她想请野菊妹妹一起来看这景致。可是，她看见野菊妹妹在松树下，躺在绿叶上睡得正甜。

牵牛花想道：那么，等明天早上，野菊妹妹醒来时，再告诉她……刚才看到的景致……

牵牛花一边想，自己又睡去了。只见月光正洒在她的身上，也洒在松树下野菊妹妹的身上。

海边的野菇

海水浴场的沙滩后面，有一大片的斜坡。斜坡上种着很多的松树。海风起了，松林像海涛一般呼唤着。是的，当松树在风中呼唤着，海潮也从海的远方奔驰而来，拍着沙滩的岩石，发出妈妈呼唤孩子一般的声音。

沙滩后面的斜坡上，住着一群野菇的小孩子。这是一群喜欢撑着花伞的小孩子。他们的花伞有浅灰色的，有浅黄色的，有粉红色的，伞上还画着紫色的斑点一般的图案，看来非常美丽。是的，这是一群喜欢持着花伞，并且喜欢站在松树下看海的孩子。一群野菇的孩子。

这一天早上，当松林和海潮在风中一起发声，那声音好像有谁在呼唤着花孩子们时，斜坡上的野菇的孩子们便持着花伞都跑出来了，都站在松林下了。

他们踮起双足，向海湾的远方眺望着。

海面上出现一朵一朵白色的浪花，闪闪烁烁，好像开放一朵又一朵发亮的百合花。慢慢地，从海湾外面的海面上，出现两艘海军的巡逻炮艇，像飞箭一般快地向海湾以外的更远的海上驶去……

"我们看到两艘海军炮艇开得真快！"野菇的小孩子都高兴得跳起来。

"那炮艇上有水兵，一！二！三！他们天天操练正步走！……"一个最大的野菇孩子说道。

他们踮着双足，继续向海湾以外的远方眺望着：海面上出现一朵又一朵的浪花，好像一朵又一朵闪闪烁烁的百合花，开放了又谢了，谢了又开放了。慢慢地，在海湾外面的海上出现一艘大轮船，这艘轮船有海滨的一座七层楼房那么高。船头挂着红旗，船后有好多海鸥，好像雪片一般，有的扑着浪花飞翔，有的在半空中飞旋……

野菇的孩子看见了海鸥和大轮船，高兴得都跳起来，"大轮船来了，海鸥也跟着来了！那轮船里，一定运来好多好多的玩具：飞上月球的火箭啦，开到海底的小潜水艇啦……"一个最大的野菇孩子说。

"我们赶快回去告诉妈妈，请妈妈也来看轮船！"一个野菇的女孩说。她一边把花伞不停地摇着，一边跑着回家去了。

蒲公英的小屋

在野外的草地间，蒲公英弟弟和野菊妹妹一起建筑一座小屋。这座小屋有很大的玻璃窗。室内有许多小椅子、小凳子；有三个书橱，一个书橱里放着新出版的各种儿童散文集，一个书橱里放着童话书，一个书橱里放着新出版的各种各样的故事书，还有很多儿童报纸。

蒲公英弟弟和野菊妹妹都说，这是给花的小孩子们看书、读报的小屋，是一个阅览室。

有牵牛花的蔓条和绿叶从这小屋的屋顶上垂下来。野芋的阔叶子在小屋的玻璃窗外迎风摇来摇去，早晨的太阳照在玻璃窗上，野芋叶的影子好像芭蕉叶的影子摇来晃去，好看极了。

这一天，是星期日。

早晨的太阳刚升上来不久，花孩子们听见铃声响了。

这是蒲公英弟弟摇响的铃声。他在小屋的门上装了一个铃，这铃是用龙舌兰的花朵做成的。

于是，紫罗兰、非洲菊、扶桑、木槿（jǐn）还有草兰等邻近的许多花孩子们都跑来了。他们安静地坐在小椅子上，坐得端端正正的，一点儿声音也没有。他们有的在看童话书，有的在看儿童报，有的在看故事书……

　　真是一点儿声音也没有。他们看得入神了。他们轻轻翻开书页，当然，有时看得高兴了，也会发出轻轻的笑声。

　　在野外的草地上，有蒲公英弟弟、野菊妹妹一起建筑的一座小屋，这是邻近花孩子们常来看书、阅报的小小阅览室。

豌豆

　　上学的时候，我沿着村里小山溪上的草径往学校里走去。经过阿长伯的自留地，看见爬在竹篱上的牵牛花开放很多花，竹篱里面畦（qí）上的豌豆都结了小小的豆荚。

　　我站在竹篱前，想道：那大的豆荚里，有五颗豆子？那小的豆荚里，有四颗豆子？

　　我站在竹篱前，又想道：那豆荚里的小豆粒，一天一天地长大了，便变成一位又一位的王子？还有，说不定有的豆荚的小豆粒长大了，便变成一位又一位的公主？

　　我站在竹篱前，看着豌豆畦，又想道：说不定每一个豆荚，都变成一个王国。王宫的墙上，都挂着白雪般的天鹅绒……

　　我正想着，听见竹篱上的牵牛花问我道："小学生，你在想着什么呢？"

　　我抬头看着牵牛花，说："牵牛花，我在心中想一个童话呢。”

“童话？”牵牛花说。

“你读过安徒生伯伯的书吗？”我问。正在这时，阿长伯从前面挑着一担溪水来了。他要给豌豆浇水。他真勤劳。我便整整书包，向牵牛花、豌豆招招手，走过豌豆畦前的竹篱，沿着溪边的草径，赶快往学校里走去。

豌豆和牵牛花

我们村里阿长伯自留地里种的豌豆，豆荚长得越来越大了。爬在豌豆畦的竹篱上的牵牛花，也开得很美丽。从豌豆畦前面流过的小山溪欢乐地唱着歌。

这个星期天的早上，我沿着溪岸上的草径走着玩，走到豌豆畦前面时，看见牵牛花从竹篱上高高地举起蔓藤，一边吹着蓝色的喇叭，一边对着豌豆的豆荚说："你们看见了吗？刚才有两只蚱蜢跳进溪边的草丛里，他们互相追逐着，好像是在抢着一个皮球。"

我听了，赶快扑到那草丛里去，却没有抓到那两只蚱蜢……

我正准备沿着草径往前再走，忽地又听见牵牛花吹起喇叭，一边对豌豆的豆荚说："你们听见了吗？刚才溪中有几条小溪鱼，游到水面上来了，他们都吹着一个一个的水泡，好像正在玩着肥皂泡……"

我听了，赶快跑到溪边去，却见那些小溪鱼泼剌泼剌地摇着尾巴，扑着溪水，都游到水中去，看不见了……

我有些生气，不高兴。忽地听见牵牛花、豌豆都拍着手，笑着，对我说："小学生，可别生气，走过来，我们一起玩！"

我听了，又赶快跑到竹篱前面来了。

旅行

我喜欢告诉大家，我们村里的渡口附近有一棵枫树。这棵枫树很高，很高。在向东的高枝上，有一个喜鹊阿姨造的鸟窝。我看见鸟窝里的喜鹊弟弟们一天天地长大了，我真欢喜得很。

每天，只要我有空，便跑到渡口边来，站在枫树下面看望喜鹊阿姨的鸟窝。我没有爬到树上去。我只站在树下向喜鹊阿姨、喜鹊弟弟问好。他们都听得懂我的话。我也听得懂他们的话。

这一天，我看见喜鹊小弟弟们都穿了白衬衫、黑背心，整整齐齐地排了队，站在鸟窝边的枫树枝上；喜鹊阿姨也穿着白衬衫、黑背心，站在喜鹊弟弟们前面的树枝上，说："鹊！孩子们，现在，你们报数！"

我站在枫树底下，看见喜鹊弟弟们站在树枝上，一个一个依次地报数："一！二！三！四！五！六！鹊！"

我看见喜鹊弟弟们报过数了，便赶快向喜鹊阿姨问

道："喜鹊阿姨，喜鹊弟弟们都报过数了，报得真好！今天，你要带他们到哪里去啊？"

喜鹊阿姨站在树上，拍拍翅膀，对我说："鹊！鹊！小学生，今天我要带孩子们旅行去！"

说着，只见喜鹊阿姨领着喜鹊小弟弟们，飞出了枫树林；只见喜鹊阿姨飞在前头，喜鹊小弟弟们一个一个地跟着他们的妈妈在后面飞。我站在枫树下，只见他们飞过了村里的小山溪，飞过了对岸山冈上的一片松树林，只见他们飞得很高，飞得更高，又更高，一直飞上蓝天，飞进白云……

我想，这一定是他们一次很有趣味的旅行啊。

水磨坊

我们村里有一条瀑布，好像一条发亮的白绸布，好像一条会流动的白绸布，从村后一座山冈的悬崖上倾泻下来，流入山溪里。

山溪旁边有一座土阜。就在土阜下面的溪畔，有一座水磨坊，它的大木轮转着又转着，挥出一串又一串的水珠，挥出发亮的水雾。太阳从山上的林梢照射过来，照在那水珠、水雾间，便出现七色的彩虹，美丽极了。

那水磨坊的大木轮，转着又转着，它的木轴不停地发出声音："咕！咕咕！咕！"

我听了，觉得那木轮是在向我说话。它好像是这样说的："我们永远转动，永不停息！"

水磨坊附近有三棵大樟树。它们的树干上生长着许多青翠的羊齿植物。它们的树荫笼盖着水磨坊，就在其中最高的一棵樟树上，有一个斑鸠的鸟窝。斑鸠听见水磨坊的木轮的声音，也叫道："咕！咕咕咕！"

我听了，觉得那斑鸠是向水磨坊的木轮说话，也是向我说话。它好像是这样说的："你们永远转动！我们永远飞翔！"

说着，那只斑鸠便飞出林梢，飞过悬崖上的瀑布，飞上高高的蓝天。而水磨坊的木轮一直在转，咕咕地叫，好像是这样说的："咕！是的，你们永远飞翔，我们永不停息地转动！"

痴想

我想，我真的会变成一株蒲公英吗？

那时，我开了淡黄色的花朵，坐在鲜绿色的叶子上，一直向离我不远的地方看：离我不远的地方，那里有一座土阜。野菊便在那里开放蓝色的花朵，她把蓝色的花瓣当作手帕，不停向我打招呼。

我也在风中不止地向她点头。

我对她说："你赶快过来吧。我这里有一本童话书，你来看吧。"

下雨

天空中，黑云像墨色的手帕一般，汇集在一起。快要下雨了吧？

嘀嗒！嘀嘀嗒！

雨真的降下来了。雨降在野外草地上野芋的阔大叶子上，野绣球花的扁长叶子上，嘀嗒！嘀嘀嗒！雨在叶子上敲打出声音来。这时，青蛙弟弟们从青草间跳出来，都跑到雨中去——

青蛙弟弟喜欢淋雨吗？

这时，草地上的野菇妹妹们持着伞都走出来了。其中一位野菇妹妹对青蛙弟弟说："赶快到我的雨伞下躲雨吧！"

草地附近有一个池塘。雨也降落在池塘里，雨点让池塘中的水溅起许多水珠，漾出一个一个圆圈似的水纹。一位青蛙弟弟看见了，扑通一声，它跳进池塘里；其他青蛙弟弟看见了，扑通！扑通！一个个都跳进池塘——

它们冒着雨，在池塘中游泳……

野菇妹妹们看见它们冒雨在池塘中游泳，都拍起手来，想：青蛙弟弟真的不怕雨淋吗？

虹的滑梯

下了一阵骤雨。随后，太阳又出来了。

于是，草地上的花朵们——野菇、野菊、蒲公英和牵牛花，一起发现天边出现一道虹的彩桥。

可是，其中有一位蒲公英弟弟忽然说："你们看见了吗？天边出现一座滑梯。我想，天边也有一个儿童游乐场，有彩色的滑梯！"

其中有一位牵牛花妹妹说："这么漂亮的滑梯一定好玩呢！"

于是，草地上的花朵们都想到那儿去玩一玩。

于是，草地上的花朵们都向天边虹的滑梯的方向走去。

其中有一位野菇弟弟忽然问："我们从哪边排队上这彩色的滑梯呢？"

其中有一位野菊妹妹也问道："是啊，是啊，从哪边上到滑梯的上面呢？"

那位蒲公英弟弟又认真地看了一看天边，他认真地

说："别急，别急，这是新型滑梯，走近了，可以看到滑梯的一边有电梯，送我们到滑梯的顶上后，我们再从另一边滑下去啊！"

于是，草地上的花朵们都向虹的滑梯赶去。秋天来到我们的森林里了。

好像欢乐的节日一般的森林。多么灿烂的森林啊！这是一派看不到尽处的枫树和榛（zhēn）树的混合林。看啊，每棵枫树好像正在高举着一树胭脂红的花朵，每棵榛树好像正在高举着一树橙黄的花朵。

他们正在欢迎远方来的客人吗？

这会儿，风忽地吹起来了。看啊，那橙黄的榛树上，那胭脂红的枫树上，一朵一朵的红花，一朵一朵的黄花，一下子从树枝上飞起来了，一下子变成好多好多黄蝴蝶和红蝴蝶，在林间欢乐地飞舞起来了。

啊，好像有客人来到了。

哦，看啊。有五位森林调查队的叔叔正走过前面一条山涧的木桥，正由我们村里的护林员带领着，走过来了，这五位森林调查队的叔叔刚从农林大学毕业，他们都到我们森林里来了，要和枫树、榛树结成知心的朋友了。

秋天来到我们的森林里了。多么美丽的森林啊！调查队的叔叔来到这里，我们的森林将更欢乐，更灿烂。

于是，草地上的花朵们继续赶往这虹的滑梯……

唱吧，山溪

它明亮得像一条在风中飘动的白练，像泻在林中空地上的月光。它透明得像玻璃。

湍（tuān）急的山溪。它在岩石上激起的水花，灿烂好像玉蜀（shǔ）黍（shǔ），明媚有如珍珠。

它的岸边生长着阔长叶子的水龙骨草，生长着野生的吊兰和菖（chāng）蒲。它的岸边生长着野生的牵牛花，它们在夏天的早晨里，吹着紫色的喇叭。

它用吊兰和水龙骨草的叶子做成自己的披巾，上面织着牵牛花的图案。在秋天里，还绣着掉落下来的枫叶的火红的图案。它是闽北深林中的一条山溪。它的眼睛像向日葵那么明亮。它会唱歌。

它的歌声里，有夏季降落在森林中的骤雨的音韵，有马尾松在风中吹动的音韵，有森林上空的太阳对杉木林的赞美诗情。

它的歌声里，有山苍子的种子和杉果被风吹着、落在坡上的声音，有整座森林呼唤太阳的哗响。

有时，山鹧鸪飞来唱一支歌，应和着它的歌声。啄木鸟在林中应和着它的歌声。一只彩色的雉鸡从草丛里走出来。雉鸡带领着一群雏鸡：一群有十多只的小小雏鸡，从它们自己的草丛中的道路上走出来，倾听着山溪的歌唱。

　　山鹰在峭壁和森林的上空盘旋和飞翔。山鹰飞得很高。山鹰在一朵朵的白云中间，倾听着它的歌。

　　泉水在林中草地间，在山坡上的岩隙间，倾听着它的歌声。泉水唱着自己的抒情诗，应和着山溪的歌唱。

　　啊！它是闽北深林中的一条山溪。它披着用吊兰和水龙骨草的叶子做成的披巾。它的眼睛像开花时的枇杷园那么明亮。它会唱歌。

　　林中的刺猬坐在马尾松的根上，倾听它的歌。山鹿从山谷间箭一般地疾驰而过，山鹿忽然站住，倾听着它的歌。

　　它是闽北深林中的一条山溪。它的岸边有一座磨坊。磨坊的水轮不断地飞转，水花向四面洒散。磨坊的水轮不断地飞转，散开的水花仿佛一条用珍珠织成的围裙。在磨盘下面，大麦的粉像乳汁一般流下来。勤奋的磨坊啊，湍急的山溪。我听见你唱了一支关于溪边的磨坊的赞歌。

童话

清晨，我走到村前的石桥上，一下看见桥边的溪岸上有一丛野菊，开放很多很多蓝色的花朵。我天天上学都要经过这里，怎么都没有看见这里生长一大丛野菊呢？

啊，在这丛蓝色的野菊旁边，还看见有许多蒲公英，开放黄色的花朵。

我站在石桥上，还看见桥下很清很清的溪水中间，倒映着岸边开花的野菊和蒲公英的影子，非常好看。我看着，看着，忽地觉得野菊和蒲公英好像一起在水光中向我点头，向我微笑；我看着，看着，忽地觉得这野菊和蒲公英好像都在水光中间互相打招呼，谈话……

我看着，看着，仿佛听见一朵野菊在水中向我点头说："秋天来了！"

溪岸上有一阵风吹过，我抬头一看，那一丛蓝色的野菊和它旁边的蒲公英都在风中向我招手。我不觉自个儿笑起来了，想不到这个早晨，我自己走进一个童话世界中了，和花朵们打招呼，谈话。

冬天

我们很欢喜，我们村里有一条美丽的山溪。溪上有一座石桥。溪岸边有梅树，有桃树。

水底有彩色的溪卵石。水中有彩色的溪鱼，结成一群一群，游来游去。我们很欢喜，村里有一条美丽的山溪。

现在，已经是冬天了。下雪了，四面的山，有积雪。松树林的松枝上，有积雪。村庄的屋顶上，铺着雪。村边的稻草垛上，铺着雪。

溪上的桥好像一座白色大理石雕成的桥。溪中的石，好像一块一块白玉堆叠在那里。站在桥上，站在岸边，看见我们村里的溪流，有多么好看。啊，溪中照着山的雪影，树的雪影，桥的雪影；溪中照着村庄的雪影，稻草垛的雪影。

溪中照着一个雪的世界。

站在桥上，站在岸边，看见溪水照耀出来的雪的世界中间，有一群一群彩色的溪鱼正在游来游去，有一群一群彩色的溪鱼，从倒映在溪水中的桥洞的雪影间，游来游去，它们有多么欢乐啊。

现在，已经是冬天了。下雪了。溪岸上的梅树开花了，树枝上又开着雪花，又开着梅花，倒映在我们村里的松坊溪中，出现一个白雪世界，出现一棵一棵开花的白珊瑚。这时候，我们看见彩色的溪鱼，结成一群一群，在开花的白珊瑚枝间游来游去。它们多么快乐啊。

彩色的溪卵石和鱼

我们住在松坊村里。这是一座美丽的山村。四面山上有松林、竹林、杂木林。有两条山涧从两个山谷里流出来，在村前汇合起来，又一道向南流去，这便是松坊溪。溪上有一座石桥。溪岸边有桃树，有梅树。我们很喜欢我们的村庄里有一条美丽的山溪。

站在石桥上，站在溪岸边，看见我们村里的溪流，有多么好看。啊，溪水多么清，水中照着山影、树影、桥影，溪水多么清，水中照着天影、云影。

溪水多么清，看见水底有好多好多彩色的溪卵石。有蓝色的，像蓝宝石般发亮；有红色的，像杜鹃花、桃花般美丽；有白色的，像雪花、梅花般明亮；还有绿色的和有彩色斑点的溪卵石。

溪水多么清，看见有一群一群彩色的溪鱼，从石桥下游过去；看见有一群一群彩色的溪鱼，在溪石间游来游去；春天到了，溪岸上的桃树开花了，一棵桃树，好像是一树正在燃烧的朝霞，好像一树发香的火焰，照耀着我们村里的松坊溪，好像一条流动着火焰和彩霞的溪流。

　　这时候，我们看见彩色的溪鱼，结成一群一群，从彩色的溪卵石间游来游去，在流动着火焰和彩霞的溪水间游来游去。它们多么欢乐啊。

丘鹬、溪鳑和虾

松坊溪的流水，多么清澈，只是水位一天比一天地下降了。许多溪中的岩石，都露到水面上来。只有从溪岸垒着石头的空隙间长出的雏菊，还在开着黄色的花朵；溪边草地上，车前草和酢浆草的叶子都发黄了，变白了；它们的种子都散落在溪边的泥土中，准备明年春天来时，发出绿芽来。

天空更蓝了。溪滩变得更宽阔了。溪岸上的乌桕树，树枝上的叶子有的变黄了，有的变红了。风从西边吹来，红的乌桕叶子和黄的乌桕叶子，好像一只只红蝴蝶和黄蝴蝶从树枝上飞起来，又飞到松坊溪的流水中，变成一只只红的小船和黄的小船向前航行了。

这是星期天。我忽地有个想法：不要像平时那样，从溪岸上的小路走；要踏着溪滩上的鹅卵石，沿溪向上游随意走去。我走过的地方，有的溪滩很宽阔，鹅卵石很多；有的溪滩很狭窄，没有鹅卵石。有好些地方，溪岸很陡，生长出许多繁密的芦苇丛。有几次，我看到长着黄褐色羽毛的丘鹬（yù），远远发觉我来了，迈开长腿在溪滩上跑，一下子便钻进芦苇丛里去。村里人说，丘鹬是住在北方的，它们到南方来过冬。我想，现在才是深秋时节，丘鹬已经旅行到我们松坊溪来了，今年，它们来得早。我又想，看来丘鹬是很机警的。它们总是在生着芦苇丛的溪岸附近活动，这样容易找到隐蔽起来的地方。但我这样想，是不是想得对呢？

我踏着溪滩的鹅卵石向前走。溪床越来越陡了。溪中露出很多溪岩，有的溪岩很大，好像一只大书桌摆在溪中，但有很多大溪石还是浸在溪流中。这里，我看见两边溪岸上有很深的竹林子。竹林的影子照在溪上，溪水变得碧绿碧绿的了。我想，说不定因为有竹林掩护，寒风吹不进来，这一带溪岸上的草地，草还是绿的，蓝的、黄的雏菊开着很多的花。我在溪滩边的一块溪石上坐下，这时，我才发现在竹林的阴影照映下，这一带溪中有许多溪鲫成群地在溪石间穿来穿去地游着。这是今年春夏间孵化出来的鲫鱼吧？都已经长得有一寸多长了。忽地有几片竹叶掉在溪上，我看见那些鲫鱼立刻潜进溪石间，随后不久，它们又游到水面来，结成一群随着水流向前游去。不一会儿，我忽地发现有一只大溪虾，从一块椭圆形的大溪石下面游出来，随后就停在那溪石上面，很安静地停在那里，一会儿轻轻地拂动它那很长的触须，一会儿又举起它那大钳。我知道，溪中的虾大都是夜里出来活动，这只大溪虾怎么天没暗便出来活动呢？我注视它，我耐心地注视着它，它停在那溪石上有十多分钟，才游回溪石下面去。它停在那里干什么呢？

当我回到村里时，天才刚刚暗下来。晚风吹起来，溪岸上的乌桕树，树枝上的红叶子和黄叶子飞到溪水上，好像一艘艘红的小船和黄的小船，随着流水向前航行了。

这时，村边的松树林后边，浮起了黄色的蛾眉月，很美丽。我来不及吃晚饭，先把半下午以来看到的风景，看到的丘鹬、溪鲫和一只虾的活动，记在本子上。但我仍然猜不出那只虾为什么停在溪石上那么久。真的，它停在那里干什么呢？

溪滩上

溪流像蓝色的发亮的带子，穿过树林向远远的地方流去。深秋，溪水慢慢地干枯了。溪滩上，积着金色的细沙，还有许多圆圆的卵石。这一天，我到溪滩上来玩。我随便捡起一块卵石，想不到从底下跑出一条蜥（xī）蜴（yì），它摆着长尾巴赶快逃跑。这引起我的兴趣。我再捡起好几块卵石，又碰到许多蜗牛和水蜈蚣。水蜈蚣躲在卵石下，缩成一团，好像小小的戒指。我拔一根草茎碰它一下，它才伸直身子，蠕动了一下，又缩成一团，一点儿力气也没有。蜗牛躲在壳里，一动也不动。最后我搬开一块大石头，下面一只癞蛤蟆看见了我，好像从梦中醒过来一样，蹲在那里，吐出长长的舌头，然后就跳开了。

天气渐渐冷了。小动物开始躲藏起来，开始过冬眠的生活。

蜂巢

我沿着村里的小河走着，不经意间看见水面上歇着一只细腰的野蜂。我便站在岸边看它。

它停在水面很久，一点儿也不会沉下去，好像一片小树叶。有时，它举起前面的一只脚，跟我们举起手来一样，抹一抹头上的触须。

过了差不多十分钟，这野蜂飞起来了。我立刻注意它要飞到哪里去。它先在空中飞了几个圆圈，接着便飞进河边野生的蔷薇丛里去。这时正是五月，蔷薇开放着朵朵美丽的红花。

我跑过去，轻轻拉开蔷薇的枝叶。我便看见，原来有一个蜂巢（cháo），它像一个结得很大的松果，挂在枝条上。这蜂巢有许多六角形的小房间，造得真是精巧。野蜂喝过水，就回到自己这个家里来了。

我无意中发现这个好看的蜂巢，心中很高兴。当然，我不会像有的孩子那样把蜂巢打落。

龟

　　下过大雨，河流暴涨了，淹了整个田野。小船能够在冒出水面的树丛间穿来穿去。我看见几只田鼠，浑身湿淋淋的，像黑色的皮球，在水中浮沉着，它们慌忙地寻找暂时避难的场所。河水早已灌进它们的地下室了。

暴涨的河水，也漫进我们的房屋里。到了第二天晚上，水才退出去。我们点着灯，趁着水退打扫房地，洗刷桌椅上的污泥。

突然，在我们的睡床下，有一样东西在那里钻动，窸（xī）窣（sū）地发响。我们养的小狗，伸开前腿大声吠叫，要冲进床下去。

我感到奇怪，把狗赶到一旁。我提灯来看，看见一只河龟不慌不忙地在床下爬着。它看到灯光，立刻缩着脖子，不动了，但还圆睁着眼，仔细地向我探望。

它没有随着退下的水回到河里，便当了我家的客人。它挺好看，有漂亮的暗绿色的外壳，喜欢缩脖子。第二天，我们的小狗便不再向它吠叫了。

蛇

那时我还是一个小学生。我和同学到树林中去采集植物标本，在林子里跑了两个多钟头。我们是分了小组分头去采集的，听见笛子喔喔地叫，我们这个小组的三个人，立刻赶回约定的地点去集合。回来时，我看见一棵被砍伐下来的樟树，树墩上有一个圆洞。洞里有什么东西在吱吱地叫。我往洞口一看，呵，看见一条蛇抓到一只山鼠。这山鼠嘴上还有几根鼠须，脖子给蛇咬住，吱吱地叫着。可是它再也挣脱不掉了。那个树洞准是一个蛇窝。

我们绕过那个蛇窝，回到约定的地点，把碰到的这件事告诉大家。

我们集合在一块时，啊，知道另一小组的同学除了采到许多珍贵的植物标本外，还在密密的蕨（jué）草丛里捡到一张完整的蛇皮。

在路上，我们津津有味地谈论这一天的收获，谈论蛇的故事。

蛇蛋

遇到天气暖和、晴朗的日子，外祖父常带我一起去巡田。

有一次，在一块草地旁边的泥土上，我看到七个滚圆的、白玉一般的鸟蛋。谁把泥土扒开一个浅浅的坑，放上七个鸟蛋呢？

"这是蛇蛋，不是鸟蛋。"外祖父对我这样解释。

我哪里能想到这是蛇蛋呢！和雀巢里的麻雀蛋模样多么相像，只是麻雀蛋的壳上有许多褐色的斑点。

当时，我心中感到很奇怪。我想，蛇不会像鸟一般在空中飞行，怎么也能够生蛋？小孩子总有自己的想法，记得那时整整两天，我都在想这个问题。

水塘

　　山泉从岩壁的隙缝里流出来，注入深水塘里，即使到了冬天，塘里也从不枯干。岩壁上长满碧绿的蕨草，阔大的叶子直垂到水面上来。

　　塘口的周围一直是润湿的，长着那么多的苔藓。

　　山上的各种禽鸟、野兽常到这里来喝水。山雉、鹧鸪、斑鸠、山喜鹊口干的时候，都不会忘记飞到这里来。山喜鹊一飞来，就是一大群，它们站在塘口，吞了一口水，便抬起头来，"鹊、鹊、鹊"地叫几声。

　　水塘附近常常发现森林野兽的足迹，它们大概是在晚上到来的，白天很少碰到。有时，会遇见一只刺猬唰的一下溜过去了。那些野兽老远听见人的脚步声，就会溜走。

　　有一年，很久没有下雨，整个夏季闹着天旱。一天清晨，村里有人到深水塘来打水，发现那里有很多的爪印，好像野猫的足迹一样，但是足迹是那么大，踩得那么有力，塘边的苔藓都被踩坏了！

　　村里的猎人说，那是深山里的老虎跑下来了，在那里喝水。

泥鳅

　　我小时候，有一次住在姑母家里，站在姑母家的门前，看见四周都是山。山上长着各种树木，高高的苍松，墨绿的杉树，美丽的竹林，绕在树干上的野藤。树林的下面，是一层一层的梯田，到了最下面，流过一条浅浅的溪水，溪底有很多的圆石。

　　我和姑母的儿子阿澄在一起玩。他比我大两岁。我看见树林的后面，升起一道道的青烟，是村里人在那里烧炭。我很想到那里去看，但是阿澄不肯带我去。他喜欢带我到溪边去捡溪石，溪石有的像铜钱大，有的像鸭蛋大。不过，后来我又不想去捡溪石了，一天早晨，阿澄忽然拿了一个玻璃瓶，对我说："我带你去抓鱼！"

　　"哪里去抓？"

　　"就在田里。"他说。

　　刚刚收刈（yì）过的梯田，一眼看过去，空荡荡的，只剩下一丛丛的稻根。天气已经很冷，稻根上凝结着白粉似的霜。我想，这田里怎么有鱼呢？

阿澄带我一直走到溪边去。他在那里盛了一玻璃瓶的水。他把玻璃瓶交给我："瞧，我们抓到鱼，就把它装在这瓶子里！"

　　说着，便在溪边的梯田里，一下子拔起一丛稻根，泥土从他手里散落下来。我一点儿也不懂，他拔稻根干什么。啊，没有想到，拔起的稻根下面，是一小洼泥水，里头有好几条泥鳅在动着……我们把泥鳅捉住了，一条条放进玻璃瓶里。

　　那一次，阿澄抓到二十多条泥鳅，装了满满的一玻璃瓶。我回家时，他把这一瓶鱼都送给我，我欢喜极了，直到现在还忘记不了。

雾晨

　　我们的宿舍盖在山腰上。快近冬天的时候，早晨常常笼罩着浓雾。一天早晨，我从宿舍前的石级走下山坡，到江边去等渡船，进城买点儿东西。石级的两旁是密密的松树林，灰蒙蒙的一片，什么也看不清楚。可是我一边走着，却听见有什么小动物在地上跳动着。我低下身来一看，原来是两只松鼠，一前一后，翘着蓬松的尾巴，在捡落在地上的松球。

　　那松林中的道路，它们是多么熟悉。我看它们拖着拾到的松球，从雾中跑进松林的后面，一下子看不见了。

雨季

雨季来了。天空中压着低低的浓云，一连下了几天雨。小河涨了。河面变得宽阔起来，漂流着树皮、细枝、草梗。低洼的地方，河水漫到草地上来，淹没了树墩和青草。

这时候，鲫鱼、小虾、小鲤鱼，还有好像小蛇的鳗（mán）鱼，会从河里游到淹了水的岸上来，在草丛间钻来钻去。鲫鱼还会在草里生下卵。小鱼孵出来后，有的会游到稻田里，有的便跟着退回的水游到河里去。这时候，村里的许多小孩子都跑到河岸上去抓鱼。水淹到足踝（huái）上面，他们涉着水，要抓到满满一竹篓的鱼，才肯回家去。

有一次，一个小孩子在水里摸到一个硬壳似的东西，硬邦邦的，到底是什么呢？不管怎样，小孩子把它紧紧地捏住。拿起来一看，哦，原来是一只小水龟，只有墨水瓶那么大。它害怕得很，把脖子缩进壳里，四只脚也紧紧收缩着。

水涨上了岸。鱼、虾趁这机会到岸上来游玩。一只小水龟也跑到岸上来游玩，因此，也给小孩子抓到了。

初霜

　　下午，天气很暖和。老村长却说，可能要下霜了。到了傍晚，霜风真的吹起来了。这时，西边山峦后面好像烧起了熊熊的炉火，一片红霞。溪边和近处山上的树林沙沙作响，黄叶纷纷地飞着。

　　到了夜里，真的下霜了。夜里10点多，我跟老村长从生产大队队部要回到村里去。我们沿着溪边的小路走着，我看到草地上、溪岸边一棵一棵落叶的乌桕树、桃树、梅树上，都凝聚着很浓的白霜。我从梅树和乌桕树的枝丫中间，望见暗蓝的天空上没有一丝云。一个月亮，疏疏落落的星星，非常明朗、美丽……

　　老村长的步子走得很快，我的步子也跟着走得很快。这样，身上感到暖和。大队部在上村，要回到我们下村，有两里路。我跟着老村长很快就走到我们下村前的石桥边。我看见石桥边的石栏上也凝聚着很浓的白霜，在月光下闪闪发光。我想，今晚的霜下得真大。

　　"注意！"

老村长拉了我一下，让我停步下来。在霜夜的寒气里，我忽然闻到一阵臊味。说时迟，那时快，一只有长尾巴的、棕灰色的野兽从我们身边唰地闪过去，又箭一般地闪过石桥……

过了石桥，在我们村庄的晒谷场周围，有许多稻草垛。我一眼看到那只棕灰色的野兽正往稻草垛里钻去，我想：它要在里面躲藏起来，并且在草垛里取暖……

"是山獾（huān）！"老村长说。

"抓它，好不好？"我向老村长问道。

"不要惊动它！"老村长交代我。

这时，我们正走过石桥，走到堆在晒谷场旁的稻草垛前来。我立刻听到一阵小动物的鼻息声。它感到惊慌？它心中的确很害怕，以为我们会来抓它吗？我很快看到在稻草垛里有一对绿宝石般发亮的眼睛！哦，这只躲进稻草垛的山獾，原来两只眼睛旁边有白斑点，嘴巴和鼻孔好像长在一起，那鼻息好像从鼻孔和尖嘴间同时呼出来。看起来，此刻它的确很害怕！

老村长告诉我，山獾会在森林里的大树下面、在山崖下的土丘旁边筑洞。它们到了冬天，便躲藏起来，好像青蛙一样，过冬眠的生活。

老村长说，这只山獾，说不定这次是它今年最后一次活动。它在夜里出来觅食，在它到自己的土洞过冬之前，寻找一顿丰富的晚餐。山獾会捕捉田鼠、土拨鼠。

当我跟着老村长刚刚走过稻草垛，才离开晒谷场不太远的地方，我回头一看，恰巧看到这只有长尾巴的、棕灰色的动物已经从稻草垛里钻出来，一下子箭一般地又闪过石桥去了……

这时，霜下得更浓了。

搭船的鸟

我和母亲坐着小船，到乡下外祖父家里去。我们坐在船舱里。天下着大雨，雨点打在船篷上，沙啦、沙啦地响。船夫披着蓑（suō）衣在船后用力地摇着橹（lǔ）。

后来雨停了。我看见一只彩色的小鸟站在船头，多么美丽啊！它的羽毛是翠绿的，翅膀带着一些蓝色，比鹦鹉还漂亮。它还有一个红色的长嘴。

它什么时候飞来的呢？它静悄悄地停在船头不知有多久了。它站在那里做什么呢？难道它要和我们一起坐船到外祖父家去吗？

我正想着，它一下子冲进水里，不见了。可是，没一会儿，它飞起来了，红色的长嘴衔着一条小鱼。它站在船头，一口把小鱼吞了下去。

母亲告诉我，这是翠鸟。哦，这只翠鸟搭了我们的船，在捕鱼吃呢。

我和祖母养的八哥

我在小的时候，养过一只八哥。

那时，祖母还在世。这只八哥是祖母和我一起养的。

那时，我们天天给八哥洗澡。我们把鸟笼打开，它一看到面盆，就跳进水里去。它还是一只小八哥，却能够自己洗澡。它连头都钻进水里去，大拍翅膀，把水泼得满地。记得有一次，它从面盆里跳出来，没一会儿，又跳进水里，再洗一回澡。

我和祖母养的八哥，是干干净净的。

我们叫它"乌啊"，因为它的羽毛是深黑色的。有时也叫它"大眼睛"，因为它的眼睛睁得又圆又大。

"乌啊，吃豆腐！"祖母把豆腐切成一小块一小块的，用火柴梗插着，放进鸟笼里，请它吃早餐。它张开黄色的嘴巴，一口吞下。每顿它会吞下好几小块豆腐。

八哥长了翅膀——翅膀下面长出白色的绒毛，洗澡以后，在地上跳跳，喜欢飞到桌上去。后来它会飞到门上去，站在门顶。给它一小块豆腐，它的眼睛睁得又圆又大，就飞下来，把豆腐吞下。

有一天，它从门顶飞到对面的墙上，墙外是一棵高大的龙眼树，它从墙上飞到龙眼树上。我们给它一块豆腐，它的眼睛睁得又圆又大，可是，不飞下来，还是站在树枝上。

"乌啊，吃豆腐！"祖母有些慌张，大声呼唤。这时，我的爸爸走出来了，祖母说："木梯！木梯！"记得爸爸还来不及抬出木梯，不知怎么一来——我眼睁睁看那八哥飞走，在龙眼树梢飞了一圈，不见了……

　　记得我就哇的一声哭起来——我想是有这么一回事的，因为那时我才三四岁。

鹰和外祖父

外祖父挑选粗大的萝卜，切成片，盛在竹匾里。每天一早，他爬上木梯，把竹匾放在屋顶上。到了太阳下山，又拿下来。村子里很多人家把萝卜晒干，好好地收藏起来。

一天午后，我们刚吃过饭，我坐在门前，看外祖父抽烟。不一会儿，外祖父抬起头来，忽然对我说："你仔细听，河那边白杨树上，老鹰是不是在啼叫？"

我仔细地看，河对岸那棵高大的白杨树上，停着一只老鹰。它张开两只翅膀，转动着短短的脖子，不安地啼叫着："呀——呀呀！"

"对啊。"我说。我暗暗地想：外祖父为什么问是不是老鹰啼叫？

他磕一磕烟灰，立刻爬上木梯，把屋檐上几竹匾的萝卜统统收下，放在厅堂里。

"雨快来了！"外祖父说。他叫家里人赶快收下晒在院子里的衣裳。

果然，刮起一阵猛风，从西北方的山后，浓黑的雨云涌上来了，一会儿，降落了大雨。

后来，外祖父告诉我："这很灵验，老鹰一叫，雨便要来了。"

我常常这样想：外祖父是有知识的人。他办事明快、坚决，是一个勤劳的人。

我们的乡村里，有很多这样和蔼可亲的老人。

打仗

树林的上空，出现了一群老鸦。"呱——呱——呱！"它们排开阵势，追逐着一只鹰。鹰猛力地向老鸦冲去，它愤怒了，想用锐利的脚爪去抓住老鸦。可是十多只老鸦一齐向它扑上去，用嘴啄它的身子，它的羽毛在空中飞舞起来了。

鹰摆脱了老鸦的重围，冲到高空去，接着又冲下来，想从上面往下冲时抓住一只老鸦，可是十多只老鸦一齐围上去，把老鹰啄得尖声大叫，慌忙地拍着翅膀飞开了。老鸦这才回到树林里。

树林里有一个很大的老鸦巢。那只老鹰飞来，准备抢劫鸟蛋。树林的上空便发生了这一场"战争"。

我亲眼看到老鸦把强盗赶走了。

聚会

我小的时候，常常到乡下外祖父家里去。记得他六十多岁时，还能犁田。牛在前头走着，外祖父在后面扶着犁。

我记得外祖父的田里多么热闹啊！附近树林里的鸟都飞来了。八哥、鹡（jí）鸰（líng），还有燕子，统统飞来了。八哥一下子飞来了二十多只，差不多是一家子都飞来了。

它们在田里跳来跳去，一步一步地跟在犁的后面，啄食从泥土下面翻出来的小虫。

"吃吧，吃吧，"外祖父说，"大家都是自己人，大家都是自己人，畅快地吃一顿吧！"

八哥最有趣，它们穿着黑色的制服，会飞到牛背上，站在那里，一会儿刷刷嘴巴，一会儿又飞下去啄食小虫。

很多的鸟都到外祖父的田里来聚会，我记得外祖父那时是多么高兴。我看到这么多的鸟，也很欢喜。

月夜的雁群

南方的秋天，天空像湖水一般的碧蓝。一大群一大群的雁鸟飞来了。离我们的村庄五十多华里的地方，是滨海的地区。那里，有一大片为海水浸润而带着咸味的荒地，绵延数十里，只能种植"咸草"。那里，好像是雁鸟们的"领地"，每年都有许许多多南来的雁鸟出现在这个地区。雁群一来，这绵延数十里的荒地便热闹起来，富有生气。它们得意扬扬地走来走去，好像北方草原上放牧的羊群。

有一年一个秋天的晚上，月色是那么明朗，空中看不见一丝云，村庄、草垛、树丛和河流在月光下看得清清楚楚。我忽然听见空中发出"咯——咯——咯"声，喧嚣（xiāo）而带着喜悦。这声音从空中传来，是那么清晰。我抬头一看，呵，是一大群的雁鸟，队容整齐，掠空而过。从方向一看便知，这阵雁群即将降落在它们的"领地"上了……这是首批到达的雁群。啊，这是聪明的、勇敢的、最强壮的雁鸟，它们趁着月夜赶路，完成了万里飞行的最后路程，最先到达它们的目的地。

燕

我看过两种燕子做的窝。

红腰燕的窝，全部用泥土粘成的。我家里屋檐下的横梁上，有一年便有一对红腰燕来做窝，还孵出一窝小燕子。小燕和它们的爸妈一样，胸口前面有一圈红色的羽毛。可是，第二年便没有再到我家来做窝了。

还有一种燕子，翅膀长长的，飞起来好像蝙蝠的两翼，身体比红腰燕大，叫作白腰岩燕。它们的窝也是用泥土粘成的，在窝的外面还粘上许多羽毛和不知从哪里衔来的棉絮。那更是精巧极了。

我小的时候在家乡凤山小学念书，这是一个叫作凤山寺的旧寺改造成的。"大雄宝殿"的屋栋上，画着许多美丽的图案，在那画栋上面，我记得每年都有好几十只白腰岩燕来造上二十多个窝，其间有好几个燕窝连在一块儿，有趣极了。"大雄宝殿"很大，是我们学校的礼堂，下课时，又算是我们的游戏场。那时，我们喜欢用皮球来掷燕窝，大声呼喊，可是燕子还是在那里飞来飞去，一点儿也不怕。

　　过了好几年，我从师范学校毕业了，到母校——凤山小学来教书。咦，那"大雄宝殿"高高的画栋上面，还是有许多白腰岩燕的窝。燕子低低地掠过屋檐，飞来飞去，"呢喃呢喃"地叫。我看见许多小同学迎着燕子大声呼喊，不觉从心里笑出来！

斑鸠

我小的时候，常常跟外祖父到山上去打柴。

山上树林浓密，有成排的松树、野生的水杨、挺直的橄榄树和许多不知名的杂树。太阳从树叶间投下细碎的金光，铺在草地上，好像金色的花朵。

记得外祖父第一次带我到林中去的那天，我们刚刚走上斜坡的小径，我不经心踏着一根枯枝。枯枝折断了，发出细微的响声。

"呼——啰！"一对羽毛斑斓（lán）的、暗褐色的鸟儿从草地上惊飞起来，隐没在山路近旁的深林里。

但是，树林是那么的稠密，那两只斑鸠不知隐蔽在哪棵树上，一下找不到了。

我跟着外祖父在树林里，到处走动，帮助他把砍下的树枝捆起来。外祖父非常满意。

后来，我在一棵高大的橄榄树下面，发现好几根细小的枯枝。外祖父说："这树上一定有斑鸠的窝！"

真是这样。我看到树梢上被树叶深深地披盖着的枝丫间搭着一个鸟窝。这个鸟窝搭得很稀疏，可以看见窝里有两个白色的鸟蛋。

外祖父告诉我，斑鸠搭窝的本领不太好，搭窝的枯枝常常会掉在地上。

我有些担心，那两个白色的鸟蛋会不会掉下来……过了许久，我又跟外祖父到林子里来打柴。我特意来看这个鸟窝。多么好！那两个鸟蛋已经孵出小斑鸠，羽毛也长出来了，它们蹲在窝里，张开黄色的小嘴，等妈妈衔食物回来给它们吃。

山鹬

有一次，我搭上一条满载木柴的小船，准备到镇上去。

木船的两头都是尖的，船身狭长，我第一次坐这样的木船。木船顺着溪流行驶。溪道弯弯曲曲，水面不时出现礁石。溪水冲击着礁石，哗哗地响，溅起四散的飞沫。木船穿过溪流的礁石曲道，走得很平稳。

到了一处狭窄的地方，木船行不动了。船夫告诉我，现在必须沿着溪岸，用船缆拉着走。我只好脱下鞋涉过浅水，到岸上自己走一段路。

溪流上是一片稠密的杂木林。高大的、枝叶茂盛的樟树经过溪水的冲刷，露出盘曲的根来。枫树轻轻地掉下一些黄叶。溪岸上寂静得很。我和船夫约定，先赶到前面去等船；我踏着湿地很快地走着。

没有想到，一只长腿的小鸟迅速迈开步子，在我前面跑着。它好像老早发现了我，以为是来追它的呢！

这是一只小山鹬。它的羽毛好像麻雀一般，浅褐色的背上有黑色的条纹。天生一对光溜溜的长腿，在泥泞的地上走得很方便，还有一个长嘴巴，能够在水里捕鱼。

它向前拼命跑着，最后钻进香蒲的浓密的叶丛里。

我重新上船时，回头望着那一大丛香蒲，隐约看见湿地上，小山鹬又自由自在地走着，准备扑进水里去捉鱼。

黄莺

　　早晨，树林里传来各种的鸟声。听啊，黄莺唱得那么婉转，它们的歌声真是动听。

　　春天，我看见一对黄莺在树林里一棵柿树上造窝。那时候，它们整天忙碌着。我看见它们在柿树上细心地啄着叶子，起初还不知道这是怎么一回事，后来才明白它们正在开始做一项重要的工作。

　　黄莺选了两片肥大的柿叶，沿着叶缘啄了许多小孔，啄得那么匀称。约莫有一个星期，我天天都来观察它们。最使我佩服的是：它们衔来青翠的松针，按着那些啄好的小孔，像我们缝衣裳一样，把两片柿叶对缝起来，最后，这两片柿叶像一个小小的钱袋挂在树上了。这便是它们的窝。

　　它们多么忙碌，不知道从什么地方衔来许多绒毛，安放在窝里：这时，雌莺便开始下蛋了。雄莺站在树枝上啼唱着，唱得更加动人，歌声里流露着抑制不住的欢喜。

过了不久，一群小黄莺在这温暖的窝里孵出来了。它们长出羽毛，便跟着自己的爸妈在草地上跳着，穿过矮树丛学习飞行。

　　夏天来了，那些小黄莺已经完全长大了。在晴朗的、充满阳光的早晨，它们在林子里和许多鸟儿一起唱着好听的歌。

鹭鸶

鹭鸶是夏天飞来的候鸟。一到夏天，我们村里便飞来一大群白色的鹭鸶。

它们把村里几棵高大的榕树都占住了，在树顶搭了好几个鸟窝。有一次，我数了一下，在三棵最高大的榕树上，一共分散地搭了七个鹭鸶窝。

它们的羽毛白得像雪一样，长颈、长腿、长嘴，有一撮长长的白色羽冠，看起来是很漂亮的。

早晨，在日出之前，晚上，太阳下山以后，鹭鸶都聚集在树梢。有时，静静地站着，有时，盘旋地飞着，叫噪着。那些月光明朗的夜晚，我们常常会听见从榕树林那边传来鹭鸶的叫噪声。月光好像白昼一样，它们以为天亮了。

白天，它们便结队飞出去了。

它们飞落在附近的水田里，或是飞落在小河的浅滩上，飞落在离我们村庄还有五十多华里的海滨。它们在那些地方一起吃鱼。

　　看起来，它们永远在一起；它们的窝一起造在榕树林里，一起出去寻食；夏天时，它们一起飞到我们的村庄里来做客。

山鸡

有一次，我穿过树林的窄径向谷地走。太阳刚从山峦后面升上来，树梢留着一团团的白雾，正在慢慢地消散。西边浅蓝色的天空中，还隐现着一个白色的下弦月。

山间充满着清晨的鸟鸣。黄莺在近处的李树林里跳来跳去，唱着美妙的歌曲。山顶杉木林间，传来斑鸠的叫唤。我看见一群松鼠翘着长长的尾巴，一只跟着一只，从这棵树跳到那棵树，向着一个方向奔驰。

走完狭窄的小径，前面的树林显得稀落了。但是，地上长满茂密的芦苇，一直伸向谷地下面那条山溪的岸边。

我忽然听见芦苇丛里，发出轻微的窸窣声。芦叶也轻轻地摆动，好像有什么野兽在叶丛下面穿行着，一直往溪岸边的方向走去……

我停下来，小心翼翼地观察着。好一会儿，看不出到底是什么动物。我只好耐心地等着。最后，我看见一只羽毛斑斓的母山鸡带领一群雏鸡从芦叶间钻出来，到溪滩上来了。

这时，太阳已照遍了林梢。蓝色的小溪闪烁着金光，淙淙地流响。母山鸡在溪滩上和一群雏鸡一起晒太阳，一边咯咯地叫，呼唤雏鸡拣着草籽吃。我不愿意惊扰它们，便悄悄地转回来了。我穿过树林时，黄莺还是那么快乐地在李树上歌唱着。

鹊鸲

今天，我很早起身，看见一弯下弦月高高地挂在天空，好像一把银镰刀。

院阶前、屋瓦上，洒满了银光。院前有一棵梅树，也披满了银光，亮晶晶的，好像是一棵玻璃梅树。地上横斜的树影，好像墨描的一般。这时，有一只鹊鸲站在树枝上，在月光中唱起了它的歌。

这是小小的鸟，它的胸脯是白色的，头顶和尾巴是黑色的，小小的翅膀白中带黑。它在树上唱着，它的歌声简单，没有什么花样，可是这般嘹亮，仿佛在赞美日出以前的月光——这早晨的月色。我只知道鹊鸲能吃毛毛虫，是益鸟，却不知道它还是一种鸣禽。真的，平日我一点儿没有注意到它会唱得这么好听，我还是第一次听到它唱的歌。今天早晨，我真高兴。

水凫

　　我拿着钓竿向塘边走去。这是一个葫芦形的好像小湖的野塘。塘的中央，淤积起来的泥沙堆成一个露出水面的"小岛"。那里，长着密密的芦苇和许多野生的灌木丛。

　　我是去钓鲤鱼的。

　　到塘边去的小路，生满青苔。脚踩下去，软软的，没有一点儿声音。这时，太阳正从我背后的树林上面升起来，周围很明亮，又很安静。

　　我一下子发现前面有好几只水凫，像小鸭子一样，褐色羽毛，间杂着一些白花纹，正在游泳。我轻轻地走过去，刚走到塘岸边，扑通！扑通！那几只水凫一下子统统潜入水里去，过了好久好久，还没有看见它们钻出水面。

　　我坐下来，把鱼钩丢进水里，注视着浮漂（piāo）。平滑如镜的塘水，倒映着树木和浮云的影子。

奇怪得很，这天早上，没有一条鱼来吃饵。我的心里有些烦躁。

忽然，我听见"小岛"的芦苇丛间发出一阵轻微的响声，这不是风吹动芦苇的声音。我看见芦苇茎的下面在摇摆，好像有什么动物在动。我仔细一看，原来是那几只水凫躲藏在那里。哦，它们已经潜水过去，很有耐心地在芦苇丛间躲藏起来。

野鸽

有一年春天，我住在一个农民伯伯家里。他的房子原是个旧祠（cí）堂，有个很大的厅堂，放着犁、木桶、竹箩，等等。厅堂上面的横梁中间，悬挂着一个匾额，上面的字迹已经很模糊，看不清楚了。

一天早上，他们一家人都下田去了。我拿一本书坐在那里用心地读着。

我抬起头来，忽然看见对面屋檐上站着两只野鸽，嘴里衔着干草，圆睁着眼睛，不声不响地向厅堂里窥（kuī）探着。看样子，它们要飞下来了。我注意地看着它们，心里想：赶快飞下来吧，飞下来吧！可是它们却突然回过头飞到屋顶上去了。过了一会儿，又重新飞到屋檐前来，看样子，又要飞下来了。

这是怎么一回事呢？我正想着，一只野鸽真的飞下来了，它不是飞到地上来，而是飞到厅堂上的匾额后面去。接着，另一只野鸽也飞进去了。我想：也许它们要在那里做窝了。果然是这样。接连几天，这对野鸽衔着干草、细枝、羽毛飞到匾额后面，在梁上做了一个温暖的窝。

后来，我离开了农民伯伯的家，到另外一个村庄里去。没多久，我便听说那对野鸽孵出两只雏鸽了。

啄木鸟

　　树林里多么静寂。阳光从树枝的空隙里投射进来，树叶绿油油地闪亮。我听见一阵清脆的"笃、笃、笃"声，显得很有节奏。

　　这是啄木鸟在啄着树干的声音。

　　我放轻脚步，照着声音传来的方向走去。我一下子看到三只啄木鸟。这是彩色的啄木鸟，羽毛十分美丽，好像躲在河滨深荫里捕鱼的翠鸟一样。这三只啄木鸟一起停在一棵老杨树的树干上。我躲在一棵杉树后面，用心地察看：它们用长长的硬嘴正在聚精会神地啄着树皮，树下的青草上散落着许多木屑。我数了一下，树干上已经给啄了五个窟窿。

　　啄木鸟是树的医生。它们会把躲在树身里的蛀虫啄出来。这棵杨树的树干里面一定还有虫子，三只啄木鸟要把里面的虫子啄得干干净净。

喜鹊搬家

我们的村子里，沿着河岸长着一行高大的枫树。我常常在树下休息，看见在那棵最高大的枫树上搭了一个喜鹊窝。这是用许多粗粗的枯树枝搭成的，好像一个黑色的篮子高高地挂在树梢。

早晨，太阳刚从地平线上升起来，河面上的雾气还没有消散，喜鹊便从窠（kē）里飞出来，站在树上快乐地叫着。

到了冬天，美丽的枫叶纷纷飘落下来。没有树叶遮蔽，那个鸟窝便显露在高枝上，从村子里很远的地方都能够看见它。

但是，喜鹊每天从外面飞回来时，还是停在树梢，快乐地叫着。风从枝间吹过，喜鹊身上的羽毛轻轻地扬起来。

春天不觉又来了。枫树又长了满树的鲜叶。阳光晴明，在蔚蓝的天空下面，这许多枫树是多么美丽。一天，我沿着河岸走着，准备回家去，走到树下，抬头一看，看见两只喜鹊不声不响地把原来鸟窝上的枯枝一根一根地衔到旁边的枝丫上来。我想：难道喜鹊搬家了？

我想得不错。一连几天，这两只喜鹊都在搬家。它们拆了旧窝，搬到旁边的枝丫上搭起新窝来。这喜鹊多么聪明，一些被风雨吹淋变得松脆的枯枝，它们都不再使用了，统统丢在地上，又衔了新的树枝来补充。

我知道：喜鹊下蛋的季节快来了。它们要搭起一个干净的、整齐的新窝。它们想得多么周到。

麻雀的拜访

江上有好多的木排，好多没有挂帆的木船结成庞大的队伍，向着下流漂去。

这是有趣的漫长的旅行。运送木排的工人，带了足够的粮食，要在江上过许多个白天和黑夜。

他们在木排上自己煮饭。丝丝的白烟冉冉升起，在空中被风吹散了。

这时，从江岸上，从遮蔽在树丛中间的村庄里飞来一大群麻雀。它们有六十多只，飞过江面，统统停在木排上了。

它们在木排上跳着，叽叽喳喳地叫。过了一会儿，"呼——啰"一声，由一只麻雀带头，许多麻雀一起飞起来，飞过江面，统统降落在江岸上的树丛里了。

沿江的村落里，常常有这样热情的客人，成群结队地，飞到木排上做短时间的访问。

鸟们的歌

春天来了。很多很多的禽鸟都飞到村前的竹林里来了。它们唱着好听的歌。最有名的歌鸟，要算是画眉鸟和黄莺了。不知怎的，我有一个感觉：每只黄莺和每只画眉鸟所唱的歌，只要你仔细地听，认真地听，不但会感到它们都唱得很好听，而且会感到它们唱的都是很有意思的歌。

记得有一天早晨，我过了桥，走上石路，听见有两只画眉鸟在竹林里唱歌。我觉得很好听，便停下脚步，仔细听。听着听着，我感到中间一只画眉鸟的歌声好像吹着竹笛一般好听，另一只画眉鸟的歌声好像吹着洞箫（xiāo）一般动听。而且我觉得它们唱的歌，都表达出一种意思，那便是它们心里是多么快乐，晴朗的早晨多么美丽。

一天早晨，我听见有好几只黄莺在竹林里唱歌。我仔细听，越听越觉得好听，听着听着，我听懂了，觉得它们是在一齐歌唱一支赞美春天的曲子，一齐歌唱一支赞美春天的竹林的曲子；听着听着，我觉得有的黄莺唱歌的声音很清亮，有的黄莺唱得很激昂……

我们村里的鹊鸲鸟，也会飞到竹林里来唱歌。我常常看见鹊鸲鸟在我们村里溪岸的草地上，唱它们自己谱出的歌，那歌声有点儿像溪水流过溪中岩石时的音调。有一天，我看见一群鹊鸲鸟组成的歌唱队飞到竹林里的坡地上来，唱了它们所谱的歌曲；我也仔细地听了，听着听着，感到它们的歌好像是一阵一阵的风在吹着竹叶的声音。我听了，心中感到很快乐。

竹鸡们原来也会唱歌，这是我最近才知道的。一个星期天，我要到红军田去锄草。我走过村前的石桥，走了一段石路，便从竹林边沿着一条山涧旁的小路走。从这条小路到红军田去比较近。我走了一段路，听见竹林里传来"咯——咯咯——咯咯咯"的声音。我不觉停下脚步来听着，知道这是竹鸡们在唱它们自己的歌。这时，一阵风吹起来了，我看见有很多很多黄色的竹箨（tuò）、褐色的竹箨飞到小涧里来，随着流水在小涧里好像船队一般开始航行；这时，我看见几只竹鸡站在竹林边的草丛间，对着小涧中随着流水航行的竹箨的船队，激昂地唱着："咯——咯咯咯——咯咯！"

接着，我又听见黄莺们也飞来了，唱着："恰恰！

恰恰恰！”

随后，我又听见画眉鸟们也飞来了，唱着：
“吱——呱——吱吱！”

我听着，觉得这是竹鸡、黄莺和画眉鸟们在齐声唱一支送行的歌，唱一支向竹篷的船队送行的歌。它们的歌真好听！

白鹇

听说白鹇（xián）是世界上顶美丽的鸟。我们村里高山坡的竹林里，便有美丽的白鹇鸟。有一次，老村长向我们讲红军的故事。1931年，有一支红军经过我们村里，要到江西去，由他带路。当年红军都是深夜行军的。老村长送红军到江西边界时，江西那边又有交通员来领路。老村长回来时，他在高山坡的竹林里，一下子看见四只白鹇：

"好像四只雪白的孔雀，从竹林上边飞过去。那时，太阳刚刚升上来，照得竹林里的露水闪闪烁烁，好像数不清的宝石珍珠。白鹇从竹林上边飞过，真是非常好看！"

可是，我每次经过竹林里，都没有看到白鹇飞来。真的，我在竹林里看见过山鹧鸪、松鼠、竹鸡、穿山甲。有一次遇见一只小山麂从我面前箭一般闪过去，跑向高山坡上的竹林深处里去。可是，我就是没有看见过白鹇。

今年清明节，我们采了好多杜鹃花，一路上又采了一些草兰花，要到高山坡上，为红军坟扫墓。这个高山坡地带快接近江西边界了。山很高，竹林很深很密。在艰苦的革命战争年代，一支红军队伍在这一带宿草寮（liáo）、住山洞，坚持战斗。有一次在战斗中，一位红军排长受伤，在深夜里，战友们用竹床把他抬到这高山坡的山洞里疗养。因为伤势太重，后来不幸逝世。他的墓便筑在这高山坡上的竹林里。

我们把红的杜鹃花、粉红的杜鹃花、白的和黄的杜鹃花，还有很香很香的草兰花，放在墓前。我们在红军墓前肃立，向红军先烈致少先队员的敬礼，又唱起少先队队歌。

正当我们刚刚唱完队歌时，我们看见四只雪白的鸟，好像四朵雪白的云彩，从竹林上面飞过。难道真是白鹇？啊，是白鹇！多么好啊。不一会儿，这四只白鹇又飞回来，看啊，白鹇当真这么美丽！它们的羽毛都是雪白的，它们有雪白的羽冠，有雪白的长尾羽。它们当真美丽得好像雪白的孔雀！看啊，四只雪白的白鹇，它们把雪白的羽翼好像羽扇一般张了开来在飞舞！它们是用好看的舞蹈向红军先烈致敬吗？

这时，太阳光照得竹叶上的露水闪闪烁烁，好像竹林里有数不清的宝石、数不清的珍珠开始发光了。

今年清明节，我们到高山坡的竹林里为红军坟扫墓，看到四只美丽的白鹇了。

画眉鸟·布谷鸟·山鹰

麦收了。我们要到红军田去收割麦子了，生产队一共开了三辆拖拉机到红军田去。我们坐着拖拉机，开过村前的石桥，便上了石路。我很喜欢经过这条石路。春天里，这石路两边的竹林子里，不仅时时传来画眉鸟的歌声，还传来布谷鸟的歌声。我听到布谷鸟唱的歌，觉得它们唱得和画眉鸟一样好听，觉得布谷鸟唱的歌都是赞美劳动的歌。

我们的拖拉机穿过竹林子时，看见山鹧鸪从我们面前飞掠过去。随后，它们又站在竹枝上唱一支歌。我觉得山鹧鸪的歌也唱得好，它们的歌是禽鸟中的山歌，很朴素，唱得很热情。

我们的拖拉机穿过竹林子，随后，便开上一条坡路。这坡路的一旁是一级一级的石磴（dèng），一直通到山冈顶。我们村里有了拖拉机后，便在石磴旁边开了一条"机耕路"，拖拉机便能够开过去了。

村里人说，当年驻在村里的红军曾经在这个冈上的松林里打埋伏，把前来"清剿（jiǎo）"的白匪军打了个落花流水。红军也有伤亡。至今冈上还有一个红军墓……

我们的拖拉机开过了冈，石路两旁是一片古老的桂树林。这桂树林里，有在秋天里开着橘红色的花的桂树，有一年都在开放乳黄色的花的桂树。这桂树林里，有很多的蜜蜂在飞来飞去，合唱劳动的赞美歌。这桂树林里，有很多的黄莺在飞来飞去，又站在枝头上合唱春天的赞美歌。竹林里最多的是画眉鸟，桂树林却是我们村里黄莺聚居的地方。

我们的拖拉机穿过桂树林，前方出现一座用大大小小的石头砌起来的石门，村里人说，这是一座寨门。明朝末年有一支农民起义军在这里安营扎寨，修筑这座寨门。传说那支农民起义军在这寨门附近和敌人打过好几仗。当年红军进驻我们村里，也曾凭借山势和这座寨门的险要和敌人打过仗。看啊，寨门两旁山崖高峻。那山崖上有好多棵古老的松树。山鹰喜欢站在这松树的高枝上。看啊，这会儿便有三只大山鹰站在山崖的老松树上，它们站得那么高，肯定会看到很远的地方。

我望着那三只山鹰。我看到山崖上的老松树的树枝不住摇晃。那里山风很大，但山鹰一直一动不动地站在那里……

"那山鹰是给我们放哨呢！"

我转过头一看，原来是老村长对我说话。老村长这样说是有根据的。老村长告诉我，因为这高高山崖的老松树上时常有大山鹰站在那里，因此红军田里没有发现田鼠，也没有看见蛇来。

我们的拖拉机便在山崖下的寨门前停下来。寨门左边开着一口大山塘，山塘前面便是一层一层的梯田。这山塘和梯田都是当年驻在村里的红军和群众一起开出来的。麦子长得多么好。山风吹来，一层一层的麦浪好像柔软的黄色的浪，前浪推着后浪！我们一到这里，便一下子都跳到麦田里，感到心中很快乐，感到劳动得到收成的欢乐！

读后闯关

▶ **闯关任务一**

　　"爸爸告诉我，昨天晚上，孙悟空到我们屋前的山溪中玩耍……""爷爷说，孙悟空一下跳到他的床边……"听着这样的讲述，你是不是也不由自主地跟着孙悟空走进了山溪，走进了爷爷的房间……

　　赶快在《孙悟空在我们村里》和《孙悟空和我的爷爷》两篇文章里探索一番吧！摘录两篇文章里写孙悟空怎么来的句子，比较一下有什么相同和不同的地方。

　　《孙悟空在我们村里》：＿＿＿＿＿＿＿＿＿＿

＿＿＿＿＿＿＿＿＿＿＿＿＿＿＿＿＿＿＿＿＿＿

　　《孙悟空和我的爷爷》：＿＿＿＿＿＿＿＿＿＿

＿＿＿＿＿＿＿＿＿＿＿＿＿＿＿＿＿＿＿＿＿＿

　　相同之处：＿＿＿＿＿＿＿＿＿＿＿＿＿＿＿＿

＿＿＿＿＿＿＿＿＿＿＿＿＿＿＿＿＿＿＿＿＿＿

　　不同之处：＿＿＿＿＿＿＿＿＿＿＿＿＿＿＿＿

＿＿＿＿＿＿＿＿＿＿＿＿＿＿＿＿＿＿＿＿＿＿

▶闯关任务二

当你阅读的时候，眼前的语言文字和你过去积累的经验结合起来，你的脑海里就浮现丰富的画面，这本书里的描写都特别适合"图像化"的阅读。

同伴合作，每人各选一篇文章轮流朗读，听者完成"图像化"阅读单（两份阅读单可任选其一）。

阅读单（一）

姓名：_____	日期：_____
当我读到《_____》时	
我看到了：	我听见了：
我感觉到了：	留在我记忆中的词语：

阅读单（二）

姓名：＿＿＿＿＿＿＿＿＿	日期：＿＿＿＿＿＿＿＿＿
当我读到《 ＿＿＿＿＿＿＿ 》时	
（画图）	

贵在坚持。每次阅读，都试着完成一份"图像化"阅读单，当读完一本书时，你的新收获会令你惊喜。

▶闯关任务三

郭风爷爷是大自然的知音，他似乎拥有一种听懂大自然心声的魔力。草丛里有个村落，有纺车声，有音乐演奏；石蒜花点灯了，竹鸡会和青蛙对话，高高的榕树会望见什么，牵牛花，雏菊，蒲公英；还有祖母养的八哥，鹰会打仗，鹭鸶，鹊鸰……好一个生机勃勃的大自然。让我们来做一做"大自然名片"吧，把你喜欢的动物、植物、自然风光分分类，做成"名片"。当读完一本书的时候，你会发现你拥有了一沓名片，名片上的主角都成了你的朋友。

　　图片名字：水凫

　　我的摘录：忽然，我听见"小岛"的芦苇丛间发出一阵轻微的响声，这不是风吹动芦苇的声音。我看见芦苇茎的下面在摇摆，好像有什么动物在动。我仔细一看，原来是那几只水凫躲藏在那里。哦，它们已经潜水过去，很有耐心地在芦苇丛间躲藏起来。

　　我的感想：水凫的潜水本领很高，还有耐心。

　　温馨提示：你可以自己画插图，可以把"大自然名片"设计得更精美。

▶闯关任务四

　　"松坊村"和"松坊溪"，仿佛是这本书中花草虫鸟、飞禽走兽和人们表演的舞台。郭风爷爷的笔下，这个"舞台"宁静而活跃，而"舞台"上的布景是大自然的朴素与生机。这样的"舞台"在生活中还有很多，只是我们可能忽视了。读书可以让我们重新擦亮发现美的眼睛——树，是千姿百态的；花，是五颜六色的；雨，云，虹，雪，晨雾，初霜；草丛里有什么？叶子上露珠去了哪里……大自然的舞台随时随处上演着精彩的节目。让我们做一个有心人，把在大自然中看见的、听到的、闻见的、想象的，写下来。过不了多久，你可能就能创作出另一本《孙悟空在我们村里》。

　　来吧！带上发现美的眼睛，向大自然出发——

（浙江省乐清市建设路小学　赵惠文）